ROTEIROS PARA UMA VIDA CURTA

— Menção
PRÊMIO S[
DE LITERAT[

ROTEIROS PARA UMA VIDA CURTA

Cristina Judar

Copyright © 2015 Cristina Judar
Roteiros para uma vida curta © Editora Reformatório

Editores
Marcelo Nocelli
Rennan Martens

Revisão
EM Comunicação

Imagens de capa
1. "my cousin from below", por Ana Bernardo, Creative Commons 2.0, Attribution-ShareAlike 2.0 Generic (CC-BY SA 2.00)
2. Detalhe de "Glance", por Daniel Lamb, Creative Commons 2.0 (CC-BY 2.0)
3. Detalhe de "iMet girls Barcelona", por Father_TU, Creative Commons 2.0, (CC-BY 2.0)
4. "Urban Street Life 8x10", por Scott Griggs, Creative Commons 2.0, (CC-BY 2.0)
5. Foto sem título, por Samantha Jade Royds, Creative Commons 2.0 (CC-BY 2.0)

Design e editoração eletrônica
Negrito Produção Editorial

Dados Internacionais de Catalogação na Publicação (CIP)
Bibliotecária Juliana Farias Motta (CRB 7-5880)

Judar, Cristina.
    Roteiros para uma vida curta / Cristina Judar. – São Paulo: Reformatório, 2015.
    152 p.; 14 x 21 cm.

    ISBN 978-85-66887-21-7

    1. Contos – Literatura brasileira. 2. Ficção brasileira. I. Título.
J921r   CDD B869.3

Índice para catálogo sistemático:
1. Ficção brasileira

Todos os direitos desta edição reservados à:

EDITORA REFORMATÓRIO
www.reformatorio.com.br

*Este livro é dedicado a Lays Veiga Judar,
com quem aprendi a escrever silêncios.*

9	Fotofobia
13	F.
17	Bonequita
21	Quatro
27	Alicezinha, Alicezona, Alice, Ali
33	Certa diversão
39	Iroko
43	A casa de todas as casas
49	Inclassificável
53	Bem-vinda ao mundo das nuances
57	Nexo
65	Fúria: uma mulher de gestos simples
71	A decisão de Isidora
75	Saia plissé
79	Nada
85	Rosário
89	Padronização
95	Balé
99	Carta para três destinatários
103	Ave
107	Jardim de begônias
115	Frio de lápide
127	Ótima em Humanas
133	Blue Train
139	Nada originais

FOTOFOBIA

[ato de engolir] essa coisa de portas que abrem e fecham continuamente. que, por sua vez, dão para as ruas e projetam na sala a presença maciça do trânsito e traços de conversa vindos do cômodo ao lado até aqui, onde estou sentada, nesta casa – com mesa, cadeira, pés juntos em sapatos com fivelas, meus olhos contraídos pela luz.

[suspiro] o porquê das pessoas procurarem tanto a condensação de si mesmas. por isso repetem tanto o que falam. ejetam palavras, praticam com suas bocas um jogo de arremesso de vocábulos no ar, essa deve ser a sua maneira de deixar os próprios registros no mundo e de não passar invisível pelo tempo, assim como fazem aqueles que se desenrolam em filhos e livros ou abusam do suicídio.

[silêncio] prefiro a grandeza de ser onda magnética, calafrio, raio fluorescente, clave de fá, olhares integrais, intervalo, telepatia pura. nada de massas sensíveis ao tato, ou de matéria a bloquear vias e ritos de passagem – por isso, quanto a falar, apenas o estritamente necessário.

[porta de vaivém é empurrada, mulher entra conversando com outra, que permanece no cômodo ao lado] para cada palavra dita, é criada uma pedra em algum lugar do mundo. e assim será até que as pessoas se deem conta da grande responsabilidade que é gerar isso tudo. estamos condenados a viver em um mundo de pedras.

[olhos fechados] um mundo onde haverá apenas condensação. Têmporas pressionadas sem motivo maior, pilhas de carros erguidas rumo ao supremo como totens, crânios ocos alvejados em sal e preenchidos com argila mole e morena, satisfações abortadas, mantidas em vidros de formol para posterior pesquisa.

[meio sorriso – Joana se levanta, pega a bolsa, sai pela porta de vaivém, sem deixar rastro].

[os pensamentos acima foram uma realidade para Joana, há até exatos três minutos – vinte e quatro minutos após ela ter engolido os dois comprimidos vermelhos que constituem uma dose única de Tylenol DC, medicamento bastante eficaz no combate a dores de cabeça em geral].

Foi por você que eu não parei em frente ao olho mágico. Foi por você que o seu cachorro me cheirou. Foi por você que tomamos smoothies de frutas sem sabor de frutas, batidos no liquidificador. Foi por você que houve silêncio enquanto tomávamos os smoothies. Foi por você que sorri praquelas rachas falsas. Foi por você que olhei de relance pra comida que havia na sua geladeira. Foi por você que invoquei sátiros diante do fogo. Foi por você que descobri o que não ardia. Foi por você que escrevi SMS's ridículos. Foi por você que, já meio bêbada, alisei seu braço no Studio SP. Foi por você que encarei aquele frio do caralho pra ir ao Studio SP. Foi por você que eu pouco me fodi pra despedida daquela francesa. Foi por você que, mesmo assim, resolvi ir pra despedida no Studio SP. Foi por você que, no seu aniversário, vesti a calça que me voltou a servir. Foi por você que me senti feliz com a calça que me voltou a servir. Foi por você que fiz a barra às pressas. Foi por você que escrevi esse material não-reciclável. Foi por você que você foi. Foi por você que. Foi.

BONEQUITA

[Dentro do quarto] Secador? Nem. Muito menos toalhas absorventes. A piazinha até que ajudaria em alguma coisa, mas de nada vão adiantar uns respingos nos dedos. Diante de tanta sujeira, só fariam todo o vermelhão crescer, multiplicar-se [ele olha pros lençóis, futuros depositários de vestígios]. Até parece aquela história da água transformada em vinho, não foi mais ou menos isso que aconteceu?

[No corredor, passos]. Tem mulher que gosta de andar de salto só pra fazer barulho. De se auto afirmar pelo ruído que causa no mundo. Besteira. [Luz verde do relógio de pulso digital]. Até que horas a pizzaria fica aberta hoje? E vai que essa vaca não deposita. Não sei se lá aceitam cartão. Sete mil reais não dá pra nada. Detesto números, o que presto pra uma coisa não sirvo pra outra, esse povo me enrola, o trouxa aqui. E foi assim ontem com a Cida, a mulher tem lábia, me levou fácil nos setes paus pra apagar a Bonequita, na hora achei que era bom, agora acho ruim. Ela tava com ódio da moça há um tempo. 'Sas mulher são tudo loucas. Deve estar no shopping enquanto tô aqui, de bobão. Bom, pelo menos tá tudo certo, engatilhado com abafador. Quero nem saber, vou pedir reembolso pros duzentos que tive que dar pro carinha não me ver subir a escada do hotel. E vai que essa vaca demora. Eita fome de café fraco frouxo com Tostines. [Som de chave na porta. Som de coração. Mão – que procurava chiclete para aplacar a fome – presa no bolso. Revólver cai no chão. Luz acende. Entra o moço da manutenção, que não vê a arma e leva um susto].

– Desculpa senhor, não pensei que tivesse gente no quarto!

– Não tem nada não, o quê que houve?

– Parece que tá com problema na fiação, mas volto outra hora, desculpe hein.

– Ah, sem problema, sem problema.

– Boa noite.

[Baque de porta que fecha].

– Caralho. Caralho.

[Pega a merda do revolver, mão amassa a cara].

Preciso reaver a porra dos duzentos contos. O safado não vai ficar com a minha grana. Pego ele.

[Resolve sair. Ninguém no corredor lateral. Caminha em direção à máquina de snacks.]. Vida que não vale nada. Nem sete reais, quanto mais sete mil. [Para em frente à máquina. Nota de cinco é engolida pela fenda].

– Moço, isso é seu?

[Mulher atrás dele, com uma lata de Coca-Cola na mão, estende uma nota de dois reais].

– Não é não... aceita Cheetos?

Bonequita é mais bonita pessoalmente do que na foto.

QUATRO

1 – (noite gelada em novembro, festa moderna de rua no centrão de SP – papo entre convivas):

Volatiluz vem de alguma coisa que eu imagino ser como raio que quebra pedra, lança faísca e ruge horrores (gargalhadas). Brilhos por todos os lados, esse som que dança na gente mesmo quando a gente está parado. As notas musicais caminham sobre a pele (Volatiluz passa os dedos delicadamente pelo antebraço). Foram quatro, não, cinco ou seis figurinos que eu troquei naquela noite: saia cigana, shortinho com camiseta furada, look japonesa, pena verde na cabeça, macacão cyber de lurex. Eu tava imerso naquelas luzes todas, o Thomas mandando tão bem naquele set, haha, que engraçado, é meeeeesmo, a minha maquiagem borrou o seu alargador quando te cumprimentei! Mas o que importa é que ficou lindo, naquela luz negra que tem tudo a ver (risos em conjunto). Esse vestido psicodeliquinho é da minha mãe, não é demais? Ai, as máscaras já chegaram, tem de porco, de vaca, de cavalo – tô doido pra escolher uma. A gente vai caminhar pelas ruas aqui do centro como se fosse um bloco carnavalesco, com apito, confete, serpentina, tem também um megafone. O bustiê da Maira (ela tá toda arrepiada de frio, mas vai assim mesmo) é de paetê dourado. Ai, me passa seu telefone de novo, vou anotar nesse meu bloco setentinha.

2 – (três amigas: em uma tentativa de bistrô – em uma tentativa de diálogo – em uma possibilidade de entendimento): O consumismo nos Estados Unidos me incomoda (pausa para responder a uma pergunta da amiga ao lado sobre qual seria a diferença entre o consumismo que existe lá e aqui). Hum, tudo lá é voltado pra isso, tenho a impressão de que ainda é pior do que no Brasil. (Amiga sentada à frente faz comentário sobre no que se deve focar em uma viagem para os Estados Unidos. Segundo ela, não há como negar o consumismo yankee, o que nos resta seria então aprofundar noutros aspectos mais interessantes e fáceis de encontrar em uma megalópole como Nova York, por exemplo, como a singularidade e a presença de tantas etnias – "o grande lance é se jogar no caldeirão das manifestações artísticas da cidade". Garçom chega: os wraps são de quem? Obrigada. Meninas, querem? Bom isso! Olha a versão que os caras fizeram! 'Anarchy in the UK', transformado em jazz. Amei, amei. E essa decoração. Olha o lustre. Mas e aí, como andam os escritos de vocês? Então, caí em uma rua no Brooklin – entre a área dos negros e dos judeus – daí entrei em um bar com vários universitários, tavam fazendo um lance meio beat, lendo seus próprios poemas (as duas amigas vibram enquanto imaginam a cena). Esse casal aqui do lado – não olha agora – não para de olhar pra cá.

3 – (sobre a aurora boreal, a morte, sonhos, cigarros): Eu ria, chorava e rolava no chão ao mesmo tempo. O céu ficava cor-de-rosa, aí aparecia uma enorme faixa verde, depois lilás, azul, sério, eu estava impossibilitado (ênfase nessa palavra) de pegar a máquina fotográfica ou filmadora. Simplesmente, não dava! Assim, naquele momento você nem se lembra que esses equipamentos existem. Tudo por causa de uma bolsa de estudos que a Sônia ganhou. Eu viajei disfarçado, dormimos em quartos separados, eu escapava pé ante pé após a meia noite, ninguém podia desconfiar que ela era minha esposa. Mas sério, assistir a aurora boreal é uma explosão dentro e fora. Recomendo demais, você precisa passar por essa experiência – tragada no cigarro – então, como eu falava, de acordo com meus estudos sobre a morte, quer dizer, a maneira como a psicologia deve tratar o assunto, você acaba se confrontando com as várias mortes que se sucedem todos os segundos, horas e dias, dentro e fora. Ela se esfrega na sua cara, sabe? Olha só essa: fui fazer uma entrevista em uma funerária da minha cidade e reconheci várias pessoas no corredor. Foi quando descobri que um dos meus melhores amigos tinha acabado (ênfase nessa palavra) de morrer e estava em uma sala ao lado, enquanto eu conversava sobre salário! Ainda tô pra me recuperar dessa. (Fumaça branca sai da boca, sobe pro céu negro).

4 – (Poena, atriz, atrás da cortina, minutos antes do espetáculo começar. Katerina na plateia): entre as cadeiras há um murmúrio de cascatas escondidas entre as folhas

de uma floresta. Ou o som do vibrar de um motor de avião antes de ser reconhecido pelos ouvidos como motor de avião. Ou o rufar dos tambores de uma tribo nas savanas. Ou de saltos altos em compasso flamenco no chão amadeirado. As palmas das cantadoras flamencas. A cortina está para se abrir, neste exato momento o palco é invadido pelos espaços residentes entre os sons. A bela Poena está prestes a reconhecer na plateia um olhar incendiário que mudará a sua vida.

ALICEZINHA, ALICEZONA, ALICE, ALI

O vento condensado em novelos de lã amarela. Essa era a moldura de mim que ali havia. Foi em um sopro quando caí em mim. Cair em si é um daqueles exercícios difíceis de engolir, embora necessários e suscetíveis aos bueiros destampados da cidade. Então, nesse pedaço de mundo em que tudo é variável e relativo, tornaram-se gigantescos os homens das calçadas ao meu redor. Eles arrastam seus cobertores imundos e trazem cheiros desconhecidos às minhas narinas virgens para os odores do mundo. Exalam pedaços de sujeira que flutuam. Deles tento me desviar enquanto disfarço pulinhos e emito sussurros. Tão pequena. Estes meus sapatinhos de boneca lustrosos, resolvem parar em frente a uma casa de jogos insinuada. Resolvo entrar. Passo por um meio arco de lâmpadas acesas, uma delas apagada. Sento-me à mesa e belisco com as pontas dos dedos algumas cartas mergulhadas no veludo verde. Sinto uma atração irresistível pela quarta carta ascendente, que contém a figura do Louco. Escondo a carta no bolso. Um senhor de chapéu branco estende um prato com confeitos coloridos. Sim, aceito, obrigada. Enquanto mordisco um docinho glaceado, desvio o olhar para a gota avermelhada de chá pendurada no bico do bule. Mentalizo com fervor o quanto eu não gostaria que ela despencasse, se é que eu tenho algum poder sobre as leis da física, da aerodinâmica ou da gravidade. Ela não poderá desaguar sobre as cartas, afogar os significados de seus emblemas ancestrais, levar pra fora deste mundo os mitos e os símbolos nelas contidos, para sempre perdidos num universo paralelo de rios de águas quentes. O homem do chapéu me observa enquanto solta pelo nariz a fumaça branca e espiralada do cigarrete. 23 horas. Já é tarde, muito tarde. Sob o olhar do dragão, desisto de descobrir o destino da gota de chá. Corro para ganhar a rua. Sapatinhos practpract na noite. Olho pra frente e tento imaginar algum horizonte em meio a tamanha verticalidade. Agora os homens das calçadas e seus cobertores estão diminutos. Inexistentes para os que passam, eles e suas dores, invisíveis. Um floco de sujeira flutua em frente ao meu nariz, o que me distrai e me faz despencar no precipício de um bueiro de boca aberta para o céu. Trevas a uma velocidade alucinante. Chão repentino e dolorido nas ancas. Céus de rendas e meias-calças brancas. Estou circundada por milhares de olhos coloridos. Centenas de gatos do submundo da metrópole me ajudam a levantar e indicam a direção: uma portinha. Surgem vozes do lado de lá, parecem emitir confissões. Ajoelhada, descubro o que há por detrás. Uma plateia em uma arena, a minha única saída. Mas o volume de rendas e babados fru-fru me impedem de passar. Aos olhos dos gatos, tiro o vestido. Seus sorrisos em espiral flutuam na escuridão.

Agora só falta ter algo a dizer pra plateia quando eu passar por lá – não pretendo fazer de minha apresentação um desastre mudo. Gato preto nota minha aflição. Recita algo no meu ouvido. Assim que ele termina, passo pela portinha e encaro a plateia. Descubro que ela não existe da forma como imaginei. É um aglomerado de árvores, elas formam as silhuetas de senhoras estáticas em vestidos bem cortados. O ar da noite é verde. Reconheço os sons de uma flauta de junco e as batidas de um casco animal. Há movimentação em um dos arbustos. Sei que alguém gostaria de chegar, mas apenas me persegue em rodeios. Nova movimentação, mais perto. Até que a lua descoberta traz o rosto do velho desconhecido por quem sempre procurei.

Bem-vinda à morada do sátiro. Ele gera ecos na arena ao ar livre. *Venho das planícies da rainha Lascívia.* Barba de erva, olhos de sementes. *Viaje comigo para o país das maravilhas.* Da sua testa, brilham dois chifrezinhos. *Lá, a crueldade é esquecimento.* Ele indica uma trilha na floresta. *Por ali.*

Ele volta a tocar. Não vejo a hora de chegar nessa tal terra prometida. De repente, um som estridente. Que interfere na frequência do fauno. Ele toca mais alto, apressa o compasso. A melodia da flauta de junco causa em mim o impacto de mil precipícios convidativos. Aperto os olhos pra enxergar melhor. Não existe floresta, nem lua. A arena está lotada de gente. Só rostos humanos na expressão facial de análise. Árvores de papel. Arbustos de crepon verde. Montículos de papel amassado marrom em vez de montanhas. Purpurina pra imitar estrelas. Um holofote. De novo o mesmo som a interferir na melodia: o segundo sinal. E algumas notas musicais perdidas. É o sátiro, com seus últimos feitiços para atrair meninas semi-inocentes em trajes mínimos. Mais rostos analíticos em fileira. É preciso subir degraus para passar por eles. Um, dois três, quatro. Eles viram o pescoço enquanto subo. Uma cortina. Que dá nas portas do teatro. Elas dão para uma praça. Lá, os homens das calçadas, agora em tamanho natural, caminham sem direção definida.

* * *

No embalo practpract dos sapatinhos de verniz, chego em casa, mamãe me aguarda. No ar, cheiro de coelho assado. O jantar está servido.

CERTA DIVERSÃO

Pablo era dado a circundar a minha casa. Na maioria das vezes pra falar sobre coisas do cotidiano, nas quais eu não prestava muita atenção.

Costumava ser assim: primeiro, ele dava uma volta no quarteirão, depois, uma paradinha na esquina e uma esticada de olho em direção ao meu apartamento. Então, vomitava um coelhinho, que ele pousava sobre a grama do jardim. E continuava a caminhada.

Lencinho engomado no bolso do paletó, as unhas cuidadosamente cortadas, coluna vertebral em posição ereta de pessoa promissora, Pablo flanava até parar em frente ao edifício Panorama.

Era engraçado assistir esse espetáculo tedioso, pela veneziana do meu quarto. Luz nenhuma vinha de trás, então ele nem me percebia.

E assim foi, da penúltima vez e derradeira. Ele passou pela rua, espiou, vomitou o coelho, colocou no chão. Chegou bem perto do prédio. Parou em frente. E subiu.

Da campainha ao cafezinho, foi um pulo. A agulha da vitrola riscava *Cheektocheek* entre as perguntas corriqueiras sobre a saúde de mamãe e meus estudos.

Depois de quinze minutos de conversa, ele levantou para ir ao *toilette*. Eu sabia, era mais um coelhinho a caminho.

É claro / você lembra onde é / segunda porta à direita / com licença / fique à vontade / vou ver como está mamãe.

Na aflição de ter um ou mais seres peludos no meu universo nada maternal ou de terra fértil, mas de tapetes gastos e chão duro demais para patinhas tenras saltadoras, maquinei uma estratégia para me livrar do afilhado preferido de papai, filho do seu querido compadre de Ituverava.

Ele voltou para a sala, as mãos duras sobre os joelhos cruzados, sapatos reluzentes. Cruzou as pernas, a sola do pé direito ganhou destaque: trazia um tufo de conteúdo macio e esbranquiçado, o que era a prova do nascimento e do possível assassinato acontecido. O filhote de roedor teria sido pisoteado, jogado no cesto de lixo ou no vaso sanitário? Atirado para a rua pelo vão do vitrô? Foram várias as cenas de horror mentais enquanto vi sua boca movimentar-se no vazio. Não conseguia parar de pensar, nem de olhar para a massa felpuda atrelada à sola.

Após mais duas perguntas de cortesia, insinuei uma enxaqueca. Ele alegou estar atrasado para um compromisso. Entre labaredas, com os dedos agarrados à maçaneta, mandei lembranças aos seus. Pablo apertou o botão do elevador. Bati a porta de casa a ponto de mamãe assustar.

Corri ao banheiro, ávida por pistas. Nos azulejos, nenhum respingo de sangue. Nem na pia. Privada com a tampa levantada, sinal do uso masculino. Box intacto.

No chão, um novo tapete felpudo. Novo tapete felpudo, branco. Mamãe comprava coisinhas para a casa sem me avisar. Apareci rubra no reflexo do espelho.

    Após o episódio, Pablo sumiu. Nada mais de rondas. Passados um, dois, cinco, sete, dez anos, ele não pode mais ser visto pelas frestas da minha veneziana. Deve botar coelhos em outros jardins. De verdade, eu gostaria que tudo tivesse sido diferente. Ao menos hoje eu teria um marido. E haveria bichinhos, diversão certa para as nossas crianças.

* *Personagem Pablo baseado no conto de Júlio Cortazar, "Carta a uma senhorita em Paris".*

IROKO

Pintada com sangue vegetal, a mulher atira na chama o galho bifurcado como língua de serpente.

Escuta, nos estalos que compõem a voz do fogo, os versos do orixá do tridente e da comunicação:
Do solo, ao céu. Da vogal, ao ser. Rima para o supremo. Risos aos rios.
Mais palavras transmitidas entre a carne e o som:
Uma árvore de ideias é o melhor a fazer em si mesma. Equilíbrio: conexão entre topo de mundo e raiz imunda.

Finada a chama, ela levanta em direção ao barracão.
Tridente e cajado: igualmente sagrados.

A sacerdotisa agora sabe. Passara a produzir fotossíntese, pura e simples. E com todas as letras possíveis. No dia seguinte, será feita mãe de santo. O orixá de frente? Iroko, aquele que mora na grande gameleira branca.

A CASA DE TODAS AS CASAS

Perdida na sua, deitada na cama, canela enroscada no vaivém esculpido da madeira, olhos pra cima em pensamento, saliva prestes a sair pela boca incômoda, peito arriscado de vazar do decote de veludo molhado fúcsia.

Deitada na sua, afundada na lama, sonho estar ao seu lado, pés encostados nos fundilhos da cama de madeira curta para a nossa altura de pessoas maiores do que as de antigamente, somos a prova concreta do futuro profetizado pelos velhinhos de suspensórios, as pessoas serão cada vez mais altas, peço mais uma cerveja e chuto a perna da mesa do bar, meu pé lateja como um coração: problema de gente que cresceu demais. Preciso dar o fora.

Caminho zonza da cerveja choca e amarela depositada com desprezo na mesa redonda de confissões e porta-copos encharcados de restos de bebidas engolidas por ninguém, a não ser pelas pombas piolhentas dos bueiros e bocas de lobo.

Me incluo na fila da boate sem saber bem porquê. As portas latejantes suam o inferno de bombadas e de todos os pós possíveis, este é o alimento dos personagens que animam essa cena. Desço a escadinha escorregadia para o fundão das batidas fortes (do meu coração e do booom das caixas de som), meu vestido curto de paetês prata reflete luzes capazes de cegar até o mais cego. Minhas coxas vacilantes descem os degraus em movimento contínuo ao mais profundo.

Na pista, aperto a vista e vejo de tudo. Entre os tipos, ouço murmúrios e risos, eles me ouriçam pra me juntar à festa de nuvens de laquê e mais pós que dão o tom da decoração lácteo-rosada, reconheço uma nuca, pode ser a sua, cabelos soltos dançam às surdas na frequência sonora da zona intermediária em que nos encontramos, aqui é o nosso reduto de esperança, onde vasculho pela sua presença e quero estilhaçar todos os copos, que a maldição seja quebrada e a gente possa fazer aquilo que só é possível aos que conseguem cruzar olhares no escuro.

Na multidão compacta, me arrasto pela crosta de gente aguardente, meu coração bate tanto, cobre os sons das caixas acústicas, todos dançam ao meu próprio ritmo, piso sobre carreiras de suores de origem desconhecida pingados em um chão que as pombas cheias de pulgas jamais alcançarão.

Nos meus passos, arrasto os saltos por um chão em movimento. São mãos e bocas nesse corredor polonês infinito, numa trajetória de glória rumo ao você-que-ainda-não-é-certo, nesse mundinho que, até o amanhecer, não mais existirá, seus habitantes voltarão às entranhas da cidade pra que os homens da superfície tenham a chance de ao menos sobreviver.

Paro em frente ao você que não existe em outro lugar além daqui. As pessoas deixam de dançar seus compassos (terá meu coração parado de bater?) embora a música continue farta, assim como o pó e as luzes em feixes horizontais que permeiam os pedaços deste pequeno chão de boate onde permanecemos apenas algumas horas, mas de modo tão eterno. Olho pro seu rosto pra ter a certeza que eu tinha até um minuto atrás, seus olhos não passam de duas luzes giratórias, as pessoas voltam a dançar, não ouço minha própria voz, mas pequenos gritos agudos de êxtase, não tenho mais certeza se o que busco é o você que aqui encontro.

Acordo com um grito.

INCLASSIFICÁVEL

Ouvir as memórias de um abajur. A mulher pergunta-se se é verdadeira a afirmação de que os objetos podem ter memória. Depositários de sentimentos e fatos ocorridos em um raio de até cinco metros. Calados e imóveis, a reter diálogos e acontecimentos. Uma ideia sem fundamento, absurda para os seres comuns, mas não para ela, tão familiarizada aos conceitos divulgados nos meios esotéricos, como aquele sobre os registros akashicos: partículas flutuantes no tempo e espaço, núcleos de vida e história, desde o início dos tempos.

A mancha úmida no lençol incomoda. Gelada e presente, marca a pele de seus quadris. Uma fresta da luz do banheiro escapa pelo vão da porta, desenha uma linha inclinada na parede. A demora para que Gláucia volte ao quarto a preocupa. Lobos insistentes a rodeiam, as memórias presentes no local a desestabilizam. Quantas manchas os líquidos usados em investigações criminais revelariam naquele mesmo lençol? Embora secas e mortas para os sentidos, permanecem vivas para o espírito, trazem as histórias de corpos, de impactos, fricções, suores em sucessão. Ela volta a olhar para o abajur rubro, tão parecido com o naco frio de carne que carrega no peito, isento de memórias. Desde cedo aprendeu que não deveria armazenar lembranças em si. E então, nessa noite, o seu encontro com aquele lugar. E a revelação. A porta do banheiro é aberta e mostra a silhueta de Gláucia. Uma luz amarela invade o quarto. Gláucia vai de encontro àquilo que não é pessoa, nem objeto.

BEM-VINDA AO MUNDO DAS NUANCES

Então tá, só quero dizer que uma puta transformação foi o que você fez, você só revirou o meu mundo de ponta cabeça, fica desse jeito como que a assoviar e a olhar de lado, com cara de personagem de cartoon. Eu aqui, com os pólos do meu planeta interno invertidos. Águas inundam os meus cabelos, minhas pernas para o ar sem paradeiro, útero às avessas. Para me distrair, me concentro em aprender línguas estranhas e a assistir filmes repetidos. E ainda visto blusinhas, camisas e saias, tomo sopas e digo boa tarde, olho pro céu e arrisco a previsão do tempo, pego metrôs, tropeço em calçadas, escrevo bilhetes, participo de sorteios.

   Me conte mais sobre o artifício usado para abrir o peito dos outros como duas portinholas perrengues, formando uma espécie de oratório do desespero para os antes seguros de si. Aliás, de onde você tirou esse conhecimento? E não comece com papos místicos de sabedoria de memórias passadas, já passei dessa fase, um dia você também passará, isso é herança das minhas quase quatro décadas vividas. Resta sempre certa amargura de esoterismos vividos na juventude, e vê se tira essa sua pele de perto dos meus domínios. E não me venha com olhos esfumaçados por detrás de mesas de bares. E pare de emitir essas ondas curtas de raios ultravioleta, que batem nas minhas fronteiras em movimentos constantes. Pois tenho medo de me perder. Agora, só tenho o nada. Ele me rodeia, branquinho. Assim como deve ser a morte.

NEXO

Nova que lua nova nem gostava de ideias e pôs-se a choramingar. Os cadernos lhe eram longos e confessionais. Tinha idolatria por tirinhas de papel livre e imaginava-se sempre como dolatrinaberetrix ou consilada. Vida de esteios e cartas ao chão. Gostava de si mesma nas noites em que a lua era certa e firme como sola. Solar. Fátua de desejos e penas. Como deve ser a alma de quem passa pelo Tao pelo teto e almeja a transformação de noite em dia, dia em noite, porém de nada adiantou essa quimera de anjos cálidos e persistentes no mundo sem asas ou dó. Para. Deixa ser e vê no que dá a vida. Diva que vai e entra no drive da Marginal Pinheiros por acaso. Vade e volta vide bula voraz veia ativa cativante plena plêiade suscita. E jorra, linda. Paz na terra.

Nada de homens, apenas pó. Paralela que corta aveia o veio do papel seiva. Pátio escuro de nuvens rasas que fazem o tempo girar. Gosto de você com tudo o que é e será. Como nada além dessa vida – escolha de algoritmos sutis e intermináveis. A ressurreição de um dia morto. Morro das desilusões dos ventos uivantes, fantásticos seres que vibram em pó e cachoeira de purpurina.

Pirilampa e recosta no litoral do mapa de plástico marrom em formato de território brasileiro. O equatorial do Lô era a indicação perfeita dessa era. Vamos nessa que vai e vem de ioiô.

O barato da espera nos dobra cada vez mais e nos faz felizes no meio termo. Calçada que não foi feita para pés, mas para almas. Ela gostava de ler e escrever para registrar-se como fita adesiva no mundo. Teoremas de acidentes flanaram nos ares de Ares, que imperou muitos tempos de círculos e escolhas significativas. Quero mais e avante território de palavras. Paraquecetuba, rodoviária, lanche de vitrine é algo que impulsiona, senão o estômago, mas a visão. Satã de todos. A visão é recorrente do nada em estado de atenção gélida, molho meus dedos em carne e sal. O corruptivo e solatino dos dias quase.

Pelos em pera. Espera e volta destreza da face não expressa o que passou. Para pálida a cara de pau. Sou eu e não a vizinha que geme em laudas e pautas corriqueiras, o favor de criar algo útil na vida, croata de si mesma! Vai de sim, vem de mim, gargareja e sonha alto, por favor. Pílulas de acomodação já não se fazem necessárias, só de algodão e açúcar azul para liberar as mãos atadas. Toma vergonha na cara dos pés. Asinhas atrevidas que se permitem costurar na costa do Brasil e do mundo cais. Vai logo que eu tô cansada desse lero-lero e manda um terminal de ônibus pra mim, com raviólis de levedo e engradados grátis.

Problemática da ação resolvida em sinais. Vide vida afim. Apenas essa, vale a pena. Alma vã que vai na corredeira e passa pura, líquida, cristal dos olhos da moça.

Sorrateira e vereda. Vegas. Paralelas paradeira. Pula rica de signos mortais. O que mais pensar senão carregar a alma em saquinhos distribuídos generosamente e de maneira igualitária. Vai e me chama. O gavião espreita e considera-se o único com direito a ocupar cumes. Sai pra lá, também quero. Para de encher, políticas do desespero me aborrecem, bá. Patada.

Potes de creme na sequência desalinhada de má vitrina azul rosa choque-se. Pauleira peça de estante que não tem o mínimo cabimento. Joga em mim essa manta? Ela gosta de sushi? Vai lá fora ver como é a fila de congêneres. Parece inacreditável que aconteça nas travessas, mas está ali. Joga no vaso que vira tatu. Terra prolífica para tentativas frustradas. Pelada nas. E olha e sonha e vem toda. Que palhaçada costumeira. Para, amada. O mundo que se perdeu eu encontrei logo ali na esquina. Fácil desilusão óptica e terráquea. Vai e volta em malabarismos infinitivos de líquen.

Garrafinhas mini de vidro expõem os peixes que não vi sorrateiramente. Eram translúcidos demais para olhos duros de general. Segue, folhinha, e flutua na pira das tentações. É doce a vida e as gomas de mascar. Duvida de mim, mas não judia. Tá feita, make de loba caçadora. Põe esse pólen pra lá. Pata que cada dentada. Polímero invadido de cães que rosnam e criam trechos de vias oratórias. Rápidas e lépidas perpassam. Vólias e aléias pentecostais.

Pepitas de led fervente. Não dura nada ele. Nada dura. Pálpebras de mim. Caio em sono de polímeros e látex profícuo para investidas variadas. Vai vai ou vai vem? Ela sabe de cor ou viaja amanhã? Velhas rugas se calam. Chama, quem sabe atende. Mistério em bolhas, era disso que falava quando tossi. Permita-me encolher e dar asas à insustentabilidade? Tá certa do que disse. O minuto é curto, hein? Volta que lá atrás tem mais. Vela a esperança, que ela ressurge, fina. Labaresca e papora. Aplicada na veia da sentença. Párvida e Noel, ela corre para o nada. Pequetita e senil. Assinalada e faga. Vazela úmida e colcha. Pimbapholhados anos 70. Pároco carente de tecido marrom. Publica qualquer coisa que eu endosso. Vale têxtil hindu de namorada. Sacola retornável pela morena da praia.

A arte de liquefazer. E dar virada na meia dos anos. Beleza pátria inconstitucional e findoura. Parada. Partirá amanhã ao meio fio. Porrada laica e mumificante. Ela disse que gostava, eu só disse que queria ficar. Vai entender do que as horas são feitas nata. Chumbo pátio para bailar. Cuba me espera, mas será que eu a espero? Vinde a mim e não enche. Coisa melhor pra pensar. Arremesso de garfos ao vendaval para tudo e garante borrifadas. Palitos são devassas. O precipício era longe, então desisti. Quem mandou ser premonitório de solos. A busca incessante do ser por velas coloniais. Para de ancestralizar.

O fluxo quebra assim de nós. Vale compras é inútil. Só na volta ele vale mais. Viva. Borboleta bruxa tá aqui, não saiu mais. O quarto elemento. Parada Caxias de Sá. Men. Enxurrada mortal. Batom dado quase de graça. A balança quebrada, insisti. Problema de peixe grande. Escudo sem côncavo me irritou. Para além do esperado. Vazou óleo por ali. Falei que não prestava maias. Varíola de ideias. Vida, aminha. Peixinho doce. Pobre elástica. Ela não sabe o que quer. Gestação leva tempo. Pobres marujos, não havia tapas. Cabedal. Pátria amada. Pílula do dia seguinte. Moby vision.

    Lata de leite condensado virou suco gástrico. Amor é chama. Doe a quem doer. Latrina que rouba ladrão. Pó branco gelado é eficaz contra o fogo. Valária vazia. Pata etérea de sons. Pina sapateia. Poluída brilhantina. Pás de cal para aplacar a calma. Vísceras em dobro são o que há. Publicações rasteiras e o que seria de mim sem o Notícias Populares. Aqui jaz. A cama me atrai. Já volto logo. Quimera. Bailarina espera. Seda quente. Polaramine. Palhoça creme. Píncaro rindo. Vá. Para. Vôngoli não tem amanhã. Brinquedo curto não viceja. A verdade corrói em camadas. Pembinha linda. Pimpim, tá? Pomba corrente. Vizinha da mãe. Colhe as ramas tortas e faz purê. Vasculha e agita. Viruliza. Ganha Oscar. Road to Tatuí. Vazenás, a louca. Pacatatada. Lapko, lepko, rum. Gosto de vinagre não se disfarça. Volto ao ventre e me regenero em dívidas. Para que, camarada?

FÚRIA: UMA MULHER DE GESTOS SIMPLES

Vidrinhos com pílulas vermelhas, vidrinhos com pílulas amarelas, vidrinhos com pílulas brancas e azuis. Colocados lado a lado sobre a prateleira coberta pela toalha plástica com estampa de flores, folhas e frutas tropicais. Cuidadosa que era, Lídia havia arrumado tudo. Do alto de seus sete graus de miopia, via o mundo de acordo com os limites dos aros setentistas de seus oculozinhos. E costumava colecionar recortes de revistas: bonitos são os artistas, belas são as figuras coloridas – jurava baixinho para si, em oração.

Vivia num cortição velhaco do bairro do Cambuci, no sufoco de um cinza dominante, refletido nas paredes em formas abstratas de bolor.

Lídia era fascinada por catálogos de maquiagem vendida sob encomenda. Sua amiga e vizinha Clarice deixava o exemplar anterior debaixo da sua porta sempre que o novo catálogo chegava. Lídia pegava a tesoura e cortava os limites das belezuras para pregá-las nas paredes do quarto. Rostos espalhados nos cantos, ou somente narizes, olhos e bocas quando não dava para aproveitar a figura da página inteira, como uma espécie de mutilação não-intencional.

Era uma combinação de enriquecer os olhos aos efeitos da lâmpada de 60 watts pendurada no centro do cômodo e refletida nos globos oculares de Lídia. Lídia repetia em voz baixa os nomes das sombras e batons: vinho disco, rosa pétala, azul atrevido. Deitada na cama até pegar no sono, permanecia circundada por sua própria via láctea, os recortes à meia luz entre os caixotes, traças, besouros, bolores, o frio cinza que tudo queria dominar. Dormindo, Lídia via rostos inteiros pontilhados por recortes. Menos valorizadas, mas não totalmente desprezadas, as fotos de frascos de perfumes, cremes e desodorantes mereciam um espacinho em branco atrás da porta do banheiro ou do armário da cozinha. Afinal, não há nada como o calor humano, apenas ele era capaz de aquecer as noites geladas de julho. Lídia trabalhava na casa de dona Vânia, em um bairro vizinho. A despeito de seu problema nas vistas, que piorou com os anos a ponto de atrapalhar na execução das tarefas e de arrumar um novo emprego, Lídia alimentava o sonho de escapar de lá: o Grande Cinza passou a ser presença constante não só no quartinho, mas também na casa da patroa. Aparecia no fundo inox da pia, no deserto debaixo da geladeira, na água que ia para os ralos. Mas ela dava um jeito sempre que isso acontecia. Se trancava em um dos quartos e respirava até o mal passar.

Dona Vânia ficava fora o dia inteiro, o que causava a distância indesejada do calor humano presente no fundinho dos olhos da patroa. Isso piorava a situação, já que o cinza não parava de estar inteiro e cada vez em mais lugares. Na lataria do ônibus, nos lamentos dos freios do metrô, nas solas dos sapatos em eterno atrito com o cimento, nas sacolas das donas. Alastrado feito um vírus mutante, aonde quer que Lídia estivesse.

Para aplacar o mal, apelava para seus dotes artísticos, montava mosaicos de roupas ao vento, um varal de cores sortidas.

A gota d'água veio quando Lídia esticava o lençol em um dos quartos. Primeiro, o ruído de carro que acabou de estacionar. Era dona Vânia, que tinha chegado mais cedo. De alto a baixo nas escadas, Lídia carregava uma trouxa de roupa. Um boa tarde à dona Vânia, assim que ela entrasse. Depois o tilintar das chaves, a porta abriu, Lídia estremecida, tudo estava igual: conjunto de saia e blusa azul marinho, camisa bege, colar de bolinhas, o relógio dourado, scarpins pretos. Mas não era dona Vânia. Ou dona Vânia havia se transformado. Ou agora dona Vânia era mesmo dona Vânia.

Um ser todo feito de cinza, sem rosto ou traços que podem ser considerados de gente. Mas que dizia boa tarde.

Parada no centro da sala de estar, seu dia tinha sido cheio, ela precisou chegar mais cedo, não dava pra saber se ela realmente olhava para Lídia, sopa para o jantar, as roupas humanas preenchidas por uma massa disforme, sim, dona Vânia, e o acompanhamento? Salada e massa, ia tomar uma ducha para relaxar pois estava morta, Lídia nem teve tempo de perguntar por que aquela voz sem boca ao menos não soava abafada ou incompreensível. Para os acinzentados, tudo parece ser normal.

Lídia picou, lavou. Pôs água para ferver, os quadradinhos boiando na água, os legumes separados na tábua, azeite, óleo, creme de leite, tomates frescos, manjericão, frutas, queijo gruyère, chocolate pra derreter em banho maria. Mesa com guardanapo, copos, talheres. Pegou suas coisas após deixar um bilhetinho.

Pegou o ônibus no ponto, cumprimentou o cobrador conhecido, desceu a rua atrapalhando o futebol dos meninos, passou pela igreja evangélica de garagem, o bar. Entrou no cortiço, pegou o envelope escondido debaixo do colchão, o dinheiro guardado para a passagem de ida pra sua terra de sóis e coração vermelho e quente. Olhou pra sua imagem no espelho sujo. Viu um picote, uma fotocópia mal-acabada. Antes de fechar a bolsa, agarrou os três vidrinhos de pílulas, lado a lado na prateleira coberta pela toalha plástica. Saiu, a porta bateu atrás de si. O impacto derrubou a foto da modelo maquiada conforme as últimas tendências da primavera-verão 2015.

A DECISÃO DE ISIDORA

Miríades de flores recobrem a antiga construção onde me encontro, coroam minhas mãos em prece, envolvem meu rosto em um porta-retratos retrátil, uma moldura de flores de plástico. Parte santa em meio a tudo isso, falo sozinha enquanto começo a caminhada por essa passarela de pedras. Despejo no ambiente vocábulos envolvidos por bolhas de ar comprimido, elas explodem em *plocs* infinitos, respingam nas caras dos expectadores em forma de diálogos imaginários. Passos à frente.

Em estado de choque, sei a que tenho direito, eu estou lindamente subdividida em diferentes partes desse mundo, cabeça na Jamaica, braço esquerdo no Himalaia, braço direito no Cazaquistão, tronco no Pacífico, perna esquerda no Mediterrâneo, perna direita na esquina lá de casa, pés pra lá de Honduras. Terei a coragem de abrir mão dessa minha condição de não viver só e inteira em apenas uma parte desse planeta? Sob esse céu de nuvens e cachalotas planto meninos e germino sonhos ao inverso: uma casa, um chão, uma pá, uma barriga que não para de crescer, um par de galochas, um galo que canta de manhã, a única sinfonia aceitável aos meus ouvidos contrários a essa santa marcha nupcial.

    Passos adiante. Cabeças acumulam-se em sorrisos estéreis ao meu redor, gostaria de estourá-las com uma agulha, esses balões de gás levianos pretendem me deixar sem ar para que eu não possa ao menos ser. Cada vez mais próximo, vejo o anel de fogo que circunda o púlpito onde você está de terno, com sua máscara mortuária e das brabas, você, carrasco de si mesmo. Ao meu redor, olhos de gás despejam em mim a ira dos condenados à igualdade eterna, sedentos para que em breve eu deixe de ter o mundo como o meu altar de sonhos.

    Sinto o desenrolar da minha língua pra fora da garganta, ela ricocheteia nas quatro direções e projeta nas paredes palavras de escárnio. Os espinhos das flores do buquê espetam minhas mãos, o círculo de fogo transforma tudo em matéria chamuscada. Comemoro com um sorriso interno. Vestido de trevas, você parece estar cego. O cortejo chega ao fim, à minha frente não há mais nada, apenas três degraus tristes. Oro para mim mesma: sim, é preciso dizer não.

SAIA PLISSÉ

Abram mão de seus pretos nos brancos. Homens brancos costumam amar os seus próprios arreios. Dejetos pisam os bancos da praça Roosevelt. Skates planam sobre minha cabeça e destroçam meu firmamento. Enquanto passam a vontade e o tempo, flameja a lágrima que não sai, nem com reza ou milho nos joelhos.

Chegamos então ao choro contido de Verônica, a menina que estava aqui nessa sala de bar, agora a pouco, Verônica, a que só veste saias de babados cor de rosa, curtíssimas, e equilibra-se nos saltos altos de scarpins escapistas.

Para ela, é duro encarar a realidade de alguém que não nascera boneca. *Saltos muito altos para não pisar o chão*, dizia, em parte corada pelos blushes Avon, em outra, pela incapacidade de ter solas dos pés realistas. Nas pickups, tocava Luscious Jackson, eu olhava para a boca de Verônica enquanto ela executava a dança dos lábios superior e inferior, céu e inferno, ar e lama, sol, mar, gloss vagabundinho de sabor duvidoso, metade morango, metade melancia, de abrir no meio para melecar com as pontas dos dedos.

Como não a ouvia, a imaginei dizendo algo como *não se esforce a fim de iluminar aquilo que já tem vários holofotes sobre si. Descubra os pequenos pontos de luz a serem desvelados, descobertos, agraciados pelos olhos do criador, mesmo que Este seja você mesmo.* Eu procurei um sentido para aquilo quando aquelas bonecas ali [na prateleira] passaram a irradiar as vozes de suas almas plásticas, não apenas luzes rosadas. Como se essa sala estivesse inundada por chamas.

Verônica, com olhos rubros, levantou-se, oferecendo pra mim apenas um dos pares do sapato de salto alto. Seria essa uma meia libertação desejada, vontade de sentir um pedaço da realidade, uma parcela de revelação motivada pela decoração deste bar? Ela desceu essas escadas, mancando vagarosamente, sentindo-se meio kitsch, degrau por degrau, e saiu, caminhando pelo meio da praça. Meninos voavam em todas as direções, entre cassetetes da guarda-civil e luzes de rodoviária. Até que o vento levantou a saia de babados cor de rosa, algo que foi visto apenas pelo vendedor de sementes aquecidas em um carrinho.

Uma criança fora de hora e de lugar caiu e gritou fino, agudíssimo. Na hora, pensei em um pássaro. E na floresta que habita a cidade, embora tenhamos dela somente um esboço feito a lápis, em papel pardo.

NADA

[Homem e mulher sentados à mesa. Ela: camisola longa e olhar curto que visita os itens que estão sobre a mesa e partes do rosto do marido. Ele: lê o jornal, de pijama. Provavelmente, é uma manhã de sábado ou domingo].
– Quer pão?
(Resposta).
– Mas você sempre comeu pão de manhã, lembra?
(Resposta).
– Viu, minha mãe me chamou pra ir ao Rio no próximo feriado.
(Resposta).
– É o que vou fazer. Aliás, podíamos ir juntos.
(Resposta).
– Café?
(Resposta).
– Deve estar bem quente por lá. A tia Toninha quer te ver.
(Resposta).
– Nada a ver o que você disse.
(Resposta).

– É como se meu irmão tivesse morrido. Morto e enterrado, a sete palmos dentro de mim!

(Resposta).

– De novo, dez e dez...! Toda vez que olho pro relógio lá estão os números duplos.

(Resposta).

– Dizem que onze e onze representa a abertura de portais interdimensionais, obra dos seres do Comando Ashtar. Eles vêm à Terra para trazer a tecnologia de esferas mais evoluídas. Em outras palavras, pra nos tirar da lama. Agora, o que deve significar dez e dez, Deus meu?

(Resposta).

[Pensamento] No começo, você me chamava de "amor meu".

– Pensando aqui... não há nada como um Google na nossa vida, não é verdade?

(Resposta).

– O Google é a nova divindade do planeta?

(Resposta).

– Hum, talvez eu concorde.

(Resposta)

– Mas também, quem nunca? Aliás, só você pra me fazer viajar entre um futuro interestelar super promissor e a praticidade da internet.

(Resposta).

– Minha mente é o quê? Nada disso, você é que é.

(Resposta).

– Naquela época, eu nem sabia o que isso significava. Era só olhar pro mar e assistir as ondas baterem nos rochedos. Elas desenhavam cenas da vida das pessoas à minha frente.

(Resposta).

– Nada. Mudei. Só eu sei quanto e a que preço. Agora sou apenas uma boa contadora das histórias que o povo quer ouvir.

(Resposta).

– Não, isso não é o suficiente. Nem justo. Mas também não sou a primeira nem a última a fazer isso na trajetória da humanidade, o que, de certa forma, alivia a minha carga.

[Mulher some no fundo do corredor. Meia hora depois, volta com algumas caixinhas, uma vela, um tecido roxo com desenho de pentagrama dourado. Acende um incenso, dispõe as cartas do tarô em semicírculo. Borrifa essências de ervas no ambiente. A campainha toca].

(Comentário).

– Olha, até que eu adoraria que fossem mesmo os intergalácticos vindo aqui pra aliviar a minha barra, mas provavelmente deve ser apenas a cliente que marcou consulta. Abre a porta enquanto vou vestir minha roupa de cartomante chinesa da Ordem do Dragão?

(Resposta + comentário).

– Não é questão de coragem, mas de necessidade. De fato, ela não quer que eu diga nada. Só precisa de alguém pra ouvir suas mágoas. Vai logo, senão ela vai embora!

[Porta da casa é aberta. Relógio acima da mesa marca onze e onze].

ROSÁRIO

Um pouco de cólica, um copo de cólera, peças pálidas de louça branca povoam vitrines, me fazem sofrer sonhos de cozinhas docilmente planejadas e pés direitos inalcançáveis de tão altos. Santa paz da redenção material, rogai por nós
　(todos repetem, em coro: gozai por nós!).
Sofás em fila sorriem com desdém, lava-louças que de tão loucas, liquidificadores liquidam ideias, exércitos de espremedores avançam em procissão, quase como papas. Pios. Santa paz da redenção descarada, rogai por nós
　(todos repetem, em coro: gozai por nós!).
Mesas de centro de quatro pernas, espanadores com quatro penas, processadores de líquidos diáfanos, apitos psicossomáticos das chaleiras cromadas, a panela pressiona minhas têmporas em uma enxaqueca sem fim. Santa paz da redenção material, rogai por nós
　(todos repetem, em coro: gozai por nós!).
Penduricalhos nas janelas, uvas em cachos de vidro nas fruteiras, impávidas libélulas furta-cor sobre o aparador – na parte interna, pratos alaranjados Nadir Figueiredo, frustrados em suas transparências alaranjadas,

jamais serão destaque na mesa de Natal. Santa paz da redenção doméstica, rogai por nós

(todos repetem, em coro: gozai por nós!).

Telas de LCD e óculos 3D, relações finadas nas telas da TV, mentiras em efeitos holográficos, o tapete revirado nas pontas, criatividade escondida em dobras, cantos sujos por planos parados, panos encardidos nos vãos das moças. Santa paz da telenovela brasileira, rogai por nós.

(todos repetem, em coro: gozai por nós!).

Escovas de piaçava neo hippies, pás de lixo desencanadas, aspiradores aspiram uma vida mais digna, lençóis acetinam, o bidê se cala cálido. A garrafa térmica entorna o caldo, a moça casou. Santa paz da redenção descarada, rogai por nós

(todos repetem, em coro: gozai por nós!).

[Ao sair, é estritamente necessário deixar bíblias, folhetos de cantilenas e véus sobre os bancos].

PADRONIZAÇÃO

fios. como cabeças de vermes. esgueiram-se para o destino ao qual marcham calmamente. certos de que lá irão chegar. comovido, assisto à sua luta tímida, contemplo seu esforço em desempenhar seu papel de maneira satisfatória e uniforme, de forma a não prejudicar as trajetórias de seus irmãos, também resignados, entrelaçados e cegos, na mesma medida. de certa forma, eu, aqui sentado, ao olhar para o quadro de tapeçaria na parede à minha frente, sinto-me como se fizesse parte dessa trama, na torcida para que tudo corra bem e a padronização resulte em uma estampa bem definida e a contento de todos.

eu e os fios temos origens diferentes mas formamos uma grande família. eu com minhas veias e artérias, feitas de nós e sonhos que vazam pelos meus lábios em todas as direções, não é assim que eu devo me ver? por certo, é como se os fios do quadro de tapeçaria me dissessem algo, neste torpor de cores em que estão envolvidos, e de sombras também – aliás, porque limitar as sombras a uma categoria inferior de vibração, como se a luz, casta e láctea, fosse rainha sobre os demais? retorno ao assunto principal, quero parar com essa minha tendência de analisar detalhes para então vislumbrar o cenário inteiro.

eu falava sobre os fios, eles que compõem um determinado mosaico que se transforma no todo, de fato nada mais é do que uma tapeçaria decorativa de parede, composta por uma gravura indecifrável aos meus olhos avessos. e não é que um determinado fio chama a minha atenção? meio azul, meio negro, híbrido de pântano e céu, ele se destaca. e parece gritar o meu nome. calado, pois é no silêncio que se ouvem os maiores apelos e tem-se as mais apuradas impressões. ele se faz escutar de maneira controversa, como se eu sentisse sua voz ressoar dentro, mas fora de mim, embora ninguém mais aqui compartilhe dessa minha impressão. de novo, eu, perdido em detalhes, ah, então, como eu dizia, a voz dele repercute intensamente, querendo que eu traga uma resposta. mas que engano dessa criatura, justo eu, não tenho resposta para o que quer que seja, eu que procuro buscar sentido no fundo do poço do infinito da menteinconscienteoniscienteinconsistenteonipresente.

e por aí vai a sequência de vocábulos encadeados, eles alimentam-se reciprocamente de puro som e pelo simples desejo de continuar a ser, a permanecer e a procriar, o temor da morte provavelmente assola as palavras e os fios, assim como a nós todos. por isso, busco encontrar aquela coisa que, justamente por isso, faz algum sentido. mas desculpe, trata-se de um sentimento único meu, não tenho como ensinar a você como fazer isso acontecer, o fato que o deflagra é externo, mas a confirmação é interna e explosiva e soa como nenhuma outra verdade soou.

algo que eu sabia antes de saber. maior, muito maior do que a verdade, que por essa razão é um estado ainda não denominado pelos homens, já que por eles é ainda desconhecido. inexiste palavra pra definir essa amplitude à qual me refiro. assim, preciso pensar em algo, e rápido, antes que alguém tome de mim essa descoberta sem que eu tenha tempo de ao menos balbuciar algumas sílabas disformes.

então, meu caro fio, voltando ao assunto, reconheço seu desespero, que deve ser o mesmo dos humanos ou então, parecido, mas vá em frente, acho que você está indo bem, cercado por quem te traz companhia e um pouco de respeito. reconheça ser parte dessa trama, definida em um dia distante por uma vontade superior, veja a beleza disso, não pense demais, apenas execute seu trajeto, execute. e aprenda de uma vez por todas: questionamento traz sofrimento; credulidade traz felicidade. faça sua escolha. mas o fio, ou melhor, o pedaço de carvão e de mar, parece não me ouvir, percebo sua semelhança comigo – acho que por isso quis chamar minha atenção logo de início. noto que a trama da qual ele faz parte está descosturada na parte inferior esquerda, bem próxima à moldura da tapeçaria, possível travessura de algum garoto entediado, sua mãe absorvida por uma daquelas revistas sugadoras de almas, ela nem sequer notou quando o menino foi à mesa da recepção e roubou um pedaço de um clipe usado pra puxar o fio até que estivesse destituído do destino decorativo ao lado dos seus.

sinto compaixão pelo ser de náilon e algodão, frágil em sua maleabilidade e na busca por uma resposta que pudesse trazer luz pra sua mente perturbada de entidade excluída do padrão pré-estabelecido para poder apenas continuar. levanto em direção à tapeçaria, seguro a ponta solta com o respeito e a firmeza daqueles que sabem o que fazer e quando. o fim pode ser o melhor dos começos.

antes de consolidar meu ato, a recepcionista me chama, pernas docemente entrelaçadas sob a mesa. o doutor mandou eu entrar. antes de prosseguir, olho pro seu rosto. ouço-a gritar o meu nome, mas ela parece estar em silêncio.

BALÉ

[Casal de homem e mulher caminha em uma sala invadida por raios de luz. Silêncios nas bocas, vozes na ação].

Aquilo que não dizíamos estava ao nosso redor, em fios de luz onde as palavras eram muitas e estavam suspensas. A ponto de esbarrar nas nossas caras, mãos e pés, conforme passávamos ou estancávamos diante de um possível peso ou resistência, pra depois continuar.

[O homem parece pegar em algo, como se confirmasse a textura de uma palavra na qual esbarrou].

Éramos eu e você naquela casa, circundados pelas palavras recusadas de serem ditas, que, por obra de algum ente desconhecido de dentro de nós, surgiam ao nosso redor nesses varais inexplicáveis.

Com o tempo, foi possível perceber, apesar da nossa incapacidade para o diálogo, que havia algo em nós capaz de estabelecer contato, nossos gestos tomaram corpo, sempre a traduzir as coisas que queríamos dizer. As palavras, caçávamos com as pontas dos dedos, como borboletas que visitam a nossa pele e transmitem alguma razão.

Nossa força se estabeleceu dessa forma controversa. Desconstruídos muros. Havia som naquela casa, algo que nunca havia acontecido. Ao ter os nossos gestos como transmissores das nossas vontades, as peregrinações por aquela sala deixaram de ser individuais, restritas. Entre quatro paredes, passamos a caminhar pelo mundo.

CARTA PARA TRÊS DESTINATÁRIOS

Diga que não menti. E que os últimos tempos não passaram de uma lambida inesperada na minha cara. O ascetismo o condena. E o faz ter a sensação de que deve abrir mão das coisas da vida para só então ser possível vivê-la. Que bela armadura. Seja feliz com ela. Embora eu já saiba que nunca será. Procure o conforto do retorno ao lar. Ou aquilo que é suspenso por quatro hastes frouxas que nos trazem a certeza do centro, de um próprio firmamento. Que ele traga todo o alimento que precisa. A tão sonhada e igualmente frouxa e suscetível identidade. Quando certos de que a encontramos, tudo parece ser bom e correto, especialmente pra quem há muito tempo tinha desistido de procurá-la.

É tão difícil ver alguém abrir mão de um caminho que deveria percorrer algum dia. O desdobrar que uma decisão inversa pode causar em uma ou mais vidas. Pensar em mim pode ser o mesmo que pensar em você. Já imaginou que os seus passos poderiam fazer muito mais sentido pro meu caminho? E de que a sua vida poderia ser ainda mais vida, caso fosse minha?

Tudo começa e vai muito além das palavras ditas. É pra que nossas vidas não passem em branco, por isso a necessidade de escrever pedra, tijolo, árvore. A tinta é o sangue devolvido ao papel destituído de sua seiva. O que soa um tanto piegas, mas é verdadeiro. Seis ou sete tópicos digitados em Arial 12 são as minhas metas para o período que se inicia. Enfileiradas, mal se dão conta de significarem a realização de uma vida. Aliás, quero conhecer mais dos seus textos, embora já tenha começado a desvelá-lo há um tempo. Ler ossos ocultos e mechas de cabelo é um ótimo passatempo, além de complementar os meus hábitos diários. Só entende isso quem se dá conta dos intervalos entre as notas musicais, do tempo que era pra ser. Ah, de novo quero estar com você em uma esquina da rua Aurora, soltar baforadas do cigarro marrom por fora e indecifrável por dentro, ser abordada pelo hostess que me oferece um flyer amassado de bingo erótico e a promessa de que haverá mais mulheres do que homens na boate. Pra finalizar, um pedido: tempo, seja generoso e me engane sempre que puder e quiser. Preciso de suas circularidades, a exatidão não faz muito a minha linha. Enfim, um ótimo ano novo pra todos vocês.

Judar, Cristina. Dois de janeiro. São Paulo. 21h07.

AVE

Me surpreendi com uma dor difícil de definir, logo depois transformada em uma onda seca de prazer, semelhante a uma tragada ardida de cigarro. Foi aí que as definições sobre quem eu era e aquilo que me classificava como um ser existente para o mundo, com metas, objetivos e um papel social, caíram por terra, feito pétalas em desuso ou penas em pó.

Sempre que isso acontecia, partes de mim renasciam, me atiçavam pra que eu partisse em direções opostas às que eu havia tomado em tempos anteriores. Então vinha a necessidade de procurar novas ocupações e parcerias espirituais, sexuais, artísticas, afetivas.

Nesse processo todo, garanto que fui homem e mulher, em uma escala de graduação das mais variadas entre os extremos do feminino e do masculino. Deslizava pelas vias aéreas, em suave suspensão, era fácil externar as minhas labaredas internas, comumente denominadas como "aurora".

A dor nas costas era constante, representava a dualidade prazer & sofrimento, única característica que talvez nunca tenha me abandonado em toda essa minha história. Provavelmente, ela resultava das horas seguidas em que me curvei sobre o cavalete e as tintas, ou era o indicativo de que algo inesperado brotava no meu corpo.

No meu apartamento, só alguns poucos bens, como bons sapatos no armário, álbuns de fotos semipreenchidos, discos raros, uma coleção de canecas na prateleira da cozinha: os símbolos de certa realização pessoal para o mundo externo comum. Não havia sofá – os abomino pelo fato de limitarem o comportamento das pessoas –, só uma janela.

Eu tinha uma vida de quadros destituídos de sustentação e parede, produzia uma arte ausente de função, bem quando a liberdade me acenou do lado de fora. A manhã nebulosa disputava espaço no céu, estava bonito e só tive tempo de me voltar para o alto, deixar as cinzas pra trás e sair em direção ao sol. O chão era o meu presente. Ave Phoenix. Ave.

JARDIM DE BEGÔNIAS

20 de novembro: Daqui de cima, até as coisas mais terríveis parecem ser carregadas de doçura. A mesma que nos invade diante de um bebê tão semelhante a nós, com os mesmos pés, narizes e orelhas desprovidos de qualquer originalidade, mas que, apenas por serem proporcionalmente menores, nos fazem felizes, como se não tivéssemos a certeza de que tudo está absolutamente perdido.

Postado no alto de um edifício e rodeado pelos meus vasos de begônias, assisto a assaltos e rasteiras, a furtos e atropelamentos, a carros fedorentos e a carroças carregadas de papelão, homens expelirem escarro, mulheres coçando a pele marcada pelo elástico da calcinha. E, por mais estranho que pareça, meus olhos distantes, e ao mesmo tempo íntimos dessa vida rasteira, são inundados pela mesma compreensão que os deuses, do alto de suas nuvens e com ar despreocupado, nutrem pelos seus filhos.

Sempre tive a desconfiança de ser mais deus do que homem. Falar o quê de alguém com pés que não tocam o chão simplesmente por não o sentirem, pés incapazes de vibrar com as batidas dessa terra, do coração que pulsará até o instante de sua morte.

Por não ter raízes, sou todo asas. Construídas ano a ano por uma mente cheia de tempo, que reconhece as correntezas do vento e as percorre livremente. Por não ter raízes, recebi o dom de viver sonhos inéditos.

Estou aqui, perto dos céus. Eu os conheço bem e digo com propriedade: os céus azuis e plácidos não se dão com os cinzentos e furiosos, nem com os arroxeados e rosas pintados com doses de abstracionismo. Assim como as pessoas lá de baixo, que não costumam lidar bem com suas diferenças de cores. Os céus espelham os humanos e vice-versa.

Os homens até podem sentir o som do grande tambor pelas plantas dos pés, mas nem de longe sabem o que é ver o mundo como um acumulado de brinquedinhos. Eles não sabem nem metade do que sei, não há tempo para isso, é preciso correr para comer, para pagar contas e pecados, impostos pelos mesmos homens que habitam aquelas mesmas ruas. Por essa e por outras, acredito estarem um tanto quanto ultrapassados.

11 de dezembro: de manhã sou procurado por uma mulher de raízes bem apoiadas no chão, mas com um quê de divino, como eu. Ela usa roupa branca, há uma cruz vermelha bordada em cada um dos ombros. Seu perfil tenso transmite a forte sensação de expiração contida, prestes a explodir.

Ela fala em um idioma que me parece incompreensível. Tudo isso por culpa desses meus ouvidos sonâmbulos, que só depois de instantes distinguem os significados dos sons e letras arremessados por sua boca de mármore e razão: cubos de leite em estado sólido flutuam no ar. *Venho pra cuidar da sua saúde, tenho algo que facilitará e muito a sua vida.* Ela abre uma valise de couro cheia de seringas e cartelas de comprimidos. *A partir de agora, você estará livre dos limites que o impedem de prosseguir. Para isso, basta tomar essa pílula, uma por dia.* Não há motivos para eu não fazer o que sugere a quase deusa. A cápsula gelatinosa cor de ouro desce oleosamente pela minha garganta, célula deslizante que invade meu interior tão oco e escuro como a casca de um salgueiro seco. A coloração tinge a minha alma e emite reflexos no céu ao meu redor.

15 de dezembro: dia após dia, por resultado direto de todo o ouro por mim consumido, perco o interesse pelas ruas e pelo que há nelas. Os baixos e rasteiros são destituídos de sua graça. Eles já não são o foco dos meus olhos antes cheios de compreensão. Que lá embaixo fiquem para sempre, trombando-se como baratas pelos bueiros que insistem em percorrer, a criar labirintos intransponíveis, pois apenas os céus bastam a mim e à minha aura recém-adquirida.

 Estou ainda mais próximo daquilo que pode ser considerado como um estado de divindade absoluta. Passo a ser completo. Eu e ela estamos no paraíso, é só disso que preciso.

18 de dezembro: continuo a ser visitado pela mulher sem nome e de maneiras polidas, cabelo louro preso em um coque alto. Seu jeito é desejoso da minha confiança, da minha boca aberta para o ouro que oferece sem qualquer interesse aparente. Fico mais forte. Ela está mais próxima. Arrisco dizer feliz.

21 de dezembro: dez dias depois de começar a ingerir as cápsulas, sou surpreendido. Pela minha vontade e intenção, consigo me levantar, o que é muito estranho, pois meus pés ainda não sentem o chão, nem o pulsar, apenas um apoio mudo. Estou de pé, mas sem raízes.

24 de dezembro: ainda é difícil me manter na posição ereta, mas aos poucos fico mais firme. Ganhei a confiança para poder olhá-la nos olhos e dizer que fique de uma vez por todas. Sem caber em mim, aguardo a chegada do dia seguinte.

25 de dezembro: ela está comigo no topo do edifício, faz um belo final de tarde. Tenho a coragem necessária pra mostrar que sou como ela. Imagino qual seria a sua surpresa, se cristais de reconhecimento e gratidão escorreriam dos seus olhos. Não há mais o que esperar.
    Pela rapidez do movimento com que me levanto, ou devido à ansiedade do momento, minha visão deixa de ser exata, embora meus sentimentos estejam extremamente aguçados. Eu posso dizer que SINTO, como nunca antes senti.

Estendo os braços para minha adorada, resumida agora a um borrão de pó, luzes, nuvens e céus desordenados.

Ela assiste a tudo sem se aproximar. Ao contrário do festim imaginado, a expectadora do meu grande feito permanece imóvel, sua boca contraída exala um brilho indefinido. Aperto os dentes na impotência, o esforço extremo já me custa dores fortes. Ao tentar permanecer em pé, sinto os céus girarem. A mulher é poderosa, pela minha ousadia, não permitiu que eu entrasse no reino dos deuses. Para minha tristeza, suas vontades não são as mesmas que as minhas. Tudo fica escuro, se apaga. Ouço o trecho da canção infantil, "o amor que tu me tinhas era pouco e se acabou". Ou melhor, não há qualquer sombra de amor. Destituído de minhas asas e sem raízes, perco o chão que nunca tive.

* * *

Instantes antes de ter seu carrinho de papelão prensado por um ônibus em alta velocidade, o homem que o empurrava olhou para os céus. Não havia um deus benevolente que pudesse cuidar da sua alma.

FRIO DE LÁPIDE

Frio de lápide escuro, gelo, sentir na pele o aço, o ácido rumor secreto dos prédios que furam o céu de cimento, insetos isentos, estamos todos mortos.

Que esperança? Vigésimo andar. Sabe o que é isso? Há alguma dignidade em permanecer cinco luas vezes quatro de um ciclo completo, acima e abaixo sangue e cimento, ossos e fundição, barras de aço e vísceras, dor e dor?

Eu nesta caixinha, tida como baia de escritório. Dentro de outra caixinha, tida como departamento. E assim por diante, vivemos neste mundo de caixinhas. Andar, prédio, elevador, ônibus, prédio, elevador, sala de estar, micro-ondas, quarto, televisor, microcomputador, guarda-roupa, cobertor, box do banheiro, elevador, carro, retorno à caixinha do vigésimo andar.

Gostaria de ter dito isso a você. Só que não havia um alguém do outro lado da linha. Nem uma alma penada estava online no WhatsApp. Outro recurso utilizado para que os homens das caixinhas não se sintam tão sós, borboletas secas espetadas sem dó no centro de um coração recortado em papel.

Precisamos de toda essa tecnologia para esquecer que o céu acima de nossas cabeças, sempre e levianamente relacionado a palavras finitas como imensidão e magnitude, sequer poderá ser tocado pelas pontas de nossos dedos. Saio do escritório em direção à estação de metrô. Para acabar com a amargura, resolvo fazer uma careta instantânea aos que cruzam o meu caminho. Esse tipo de roleta russa de natureza infanto-juvenil garante algumas doses de adrenalina, até mais do que aqueles saltos em precipícios que os trouxas pagam fortunas para praticar, com cordas de segurança amarradas aos tornozelos.

Meu rosto contorcido é uma fagulha na multidão. Quem primeiro agarra a isca é uma senhora gorda e baixinha, de vestido vermelho rendado, meia-calça cor de caramelo e sandálias pretas de salto quadrado. Ouço seus xingos às minhas costas, com sotaque português. Entro no vagão. Nem sou mais aquela pessoa que horas atrás olhava fixamente para a caixinha-janela, que pensava estar a vinte andares de queda livre do solo. Sem as tais cordas de segurança amarradas aos tornozelos, com o corpo desimpedido para apenas uma caixa, no final.

No último assento do lado esquerdo do vagão, ao lado da janela, tiro lascas do esmalte vermelho já desgastado. O trem arranca nos trilhos. Termina o trajeto, saio do tubo, um bebê recém-lançado do útero. Ainda com uma vontade doida de falar com você. De estômago vazio, dou uma passada na Doceria Azul. Como o próprio nome diz, tudo no local tem essa cor: dos azulejos às lâmpadas, das mesas e cadeiras de fórmica aos uniformes das balconistas, canecas de porcelana e canudinhos. O que confere estranheza aos doces malpassados da vitrine e ares de pasta de dente ao estabelecimento chefiado por um casal de velhinhos azedos, de origem hispânica. É impossível manter os olhos muito abertos no meio de tanta luminosidade mentolada. Sigo pra uma das mesinhas do local, peço uma sopa de legumes – a Doceria Azul também serve sanduíches.

Acompanhada por um pote de louça cheio de torradas salpicadas com orégano, aguardo o preparo. No som três-em-um começa a tocar aquela canção de encorajamento do Raul Seixas, *Tente, levante tua mão sedenta e recomece a andar / não pense que a cabeça aguenta se você parar / há uma voz que canta / há uma voz que dança / há uma voz que gira / bailando no ar!*.

E olha que essa voz tem razão? Certa vez, ouvi um místico dizer (ele dava um curso de xamanismo inca com o uso de ervas e chocalhos), que essa música nunca toca à toa. *Se você ouvir essa mensagem, é porque precisa seguir adiante, o mestre Raul sabe o que faz e fala, ele está aqui, no meio de nós, você é quem precisa abrir os olhos e ouvidos pra isso, meu camarada.*

Entra na doceria um cara com cara de escritor. Cavanhaque, uns olhos que não pousam em nada, bolsa a tiracolo e tênis All Star branco sujo. Ele pede um salgado e um suco e senta de costas pra mim. Penso se por acaso essa canção também traz um sentido pra sua vida, afinal, com tantas lanchonetes e docerias na cidade, ele entrou justo aqui, no momento em que a voz do Raul está no ar. Tenho o devaneio interrompido pela chegada da sopa mix de legumes de cor indefinida, intensificada pela atmosfera local. Quente nas bordas, fria no centro, com um gosto forte de tempero à base de glutamato monossódico, aqueles usados para dar cor e sabor.

Faço movimentos rápidos e circulares com a colher, na tentativa de equilibrar a temperatura da sopa. Meu celular recebe uma mensagem de texto. Sinto um sopro gelado no estômago. A sopa definitivamente não caiu bem. A mensagem não é sua. É da operadora telefônica, sobre tarifas promocionais. Nada mais me resta do que, supervisionada pelo olhar da velhinha, enterrar o rosto no prato e mandar pra dentro mais duas colheradas. O rapaz levanta. Só agora, ao tirar a carteira do bolso, ele nota minha presença. Agora tenho dois a me observar. Mais uma colherada. Digito o seu número. Caixa postal. Na vergonha de declamar um recado em tom mezzo naturalista diante da plateia inusitada, acerto minhas despesas pra partir dali. A mão de dedos nodosos e unhas curvas pintadas com esmalte azul metálico entrega o troco. Dou boa noite. A velha ralha baixinho, eu tinha acabado com todo o seu dinheiro miúdo. Ainda são nove da noite, nem cedo, nem tarde. O que estava aberto já fechou, o que tem de abrir ainda vai demorar pra isso. Nada tenho a fazer, além de voltar pra casa e assistir aquela outra caixinha.

Vou atenta pra não espatifar com meus saltos os espelhos d'água da calçada, alguém cruza o meu caminho e por centímetros deixa de trombar em mim.

O rapaz da bolsa a tiracolo. Deste lado da calçada. Foi a música do Raul que provocou a sua atitude? *oi, tudo bom, prazer, meu nome é Paulo, desculpe incomodar, faço parte de um grupo de teatro, nossa peça está quase pronta, o texto é bom, Tchekov, somos em doze pessoas, fazer teatro no Brasil é difícil, matar um leão por dia é pouco, se quiser conhecer nosso trabalho dá um pulo nesse endereço, vai ser massa, bom te conhecer, até mais, hein?*

Odeio teatro, mas não descarto a possibilidade de ir ao espetáculo. Fui com a cara do menino. O folheto de divulgação foi pro bolso da calça.

Toca o celular. Cacete, não é você, mas a Thelma, amiga de anos. O sinal está ruim, entre rugidos consigo entender o convite pra uma reunião de um grupo de amigos músicos ou algo parecido. Vão tocar na casa de sei lá quem, não sei direito onde, muito menos se são bons. Para fugir da caixinha, a proposta é aceitável. Estou a caminho.

Pego um táxi até o endereço, um sobrado na Vila Mariana. Há vários carros parados na porta, deve ter gente aos montes.

Com a roupa mal passada do trabalho e o perfume vencido, insisto na campainha.

Uma senhora com cabelos em um ninho de laquê e camada-sobre-camada de base e blush abre a porta. Ela sorri fixamente, espera que eu me apresente, faço referência à minha amiga, *claro! Você é a Júlia, a Thelma me falou de você*, ela manda eu entrar, um beijinho, depois outro, seu perfume é forte, ao indicar a direção da sala suas unhas arranham meu antebraço, *entre e fique à vontade!*

O ambiente é mais formal do que o limite desejável. Os convidados, a maioria com idade acima dos cinquenta anos, estão sentados em semicírculo, seus olhos passeiam sobre a minha figura recém-descoberta. Rastreio o ambiente à caça de Thelma, que, por uma sorte, chega com uma taça de vinho.

Bom que você veio! Quero que conheça essas pessoas. Digo qualquer coisa enquanto roubo a taça da sua mão. Dona Dora, a mulher que abriu a porta, me oferece uma cadeira. Thelma diz que logo volta, são os toques finais para a apresentação. Aquecida, me sento ao lado de um senhor de suéter cinza e pernas cruzadas.

Na sala, mesinhas distribuídas suportam todos os tipos de enfeites à moda antiga, bibelôs de bailarinas, camponesas de biscuit, frutas de acrílico transparente e potes de cerâmica com estampas de flores em alto relevo.

Na parede à minha frente há três quadros. O primeiro, à esquerda, é o retrato desproporcional de dois cavalos marrons que correm lado a lado. O do centro traz uma menina loira com cabelos compridos e chapéu, sei que é a reprodução de uma grande obra de arte, cujo nome do pintor esqueci. Como a iluminação no fundo da sala está fraca, a terceira tela parece ser a pintura de uma mão aberta, gigantesca, com a palma virada pra cima, preenchida por diamantes. Algo me diz que deve ser de autoria de Dona Dora. *Mais vinho, por favor.*

O zumzum do ambiente não mostra qualquer sinal de descontração. É o resultado de uma fala comedida, de gente que conversa sem querer conversar, que fala com o canto da boca sem olhar pra quem está sentado ao lado. Os copos envoltos por um guardanapo de papel para não molhar os dedos.

No canto direito da sala há uma mesa, onde foi colocado algo que parece um animal cor-de-rosa choque com quatro tentáculos retorcidos. Nada mais é do que o recipiente para o ponche. Pratinhos com amendoins e canapés estão distribuídos sobre a toalha branca de renda. A sopa azul ainda ferve no meu estômago.

A fala geral é interrompida pelo som de duas palmas. É Thelma. O espetáculo vai começar.

Ela nunca foi minha amiga, nossas mães é que eram. Como não tínhamos escolha, acabamos nos entendendo entre pernas de bonecas e lições compartilhadas. Mas somos diferentes. Thelma é uma das poucas pessoas na humanidade que encapam cadernos e livros com plástico quadriculado e enviam cartões de Natal pelo correio.

Três caras e uma moça se sentam no centro da sala. Ela, assim como um deles, carrega um violão, o segundo traz uma flauta e o terceiro não tem nada nas mãos. O cantor, só pode ser.

Soam os primeiros acordes, ele começa a cantar:

— Viver, ó vida passageira, preciso da tua luz nessa estrada traiçoeira, me dá a paz, ó pai, me faz levantar e te seguir, sou teu filho e eternamente irei te servir.

Desacredito. Por ter caído nesta armadilha religiosa de quinta, direciono todo o meu ódio para a cara plácida de Thelma. A primeira canção acaba. Aplaudem.

Entre a porta da casa e eu há uma barreira de pessoas sentadas em cadeiras, poltronas, banquinhos, pufes. Levanto pra sair. Dona Dora lê meus pensamentos. Sugere em voz alta que a plateia se divida em pares, pois ela irá propor uma atividade. O senhor de suéter vira-se pra mim com um sorriso de quatro dentes de ouro. Neste antro de demônios pudicos, não sei se sobrevivo.

– *Os pares devem ficar frente a frente. A mão esquerda de cada um sobre o ombro esquerdo do outro. A mão direita, em forma de concha, deve cobrir a orelha direita do seu par.*

As duplas assumem suas posições para executar o desenho coreográfico. Se houvesse uma câmera no alto da sala, revelaria uma cena como as daquelas apresentações de balé aquático de filmes dos anos 50, embora a ênfase não esteja em pernas e pés que emergem das águas, mas em mãos e braços cruzados no ar.

Em silêncio, o grupo aguarda as próximas orientações da líder. Dona Dora diz em tom severo, que, aconteça o que acontecer, a corrente não poderá ser desfeita.

Devemos proferir em uníssono, até que ela defina o momento de parar, a seguinte frase:

Juntos, vamos mudar o mundo, almas devem ser arrebanhadas, a lei do senhor deve ser louvada; todos começam a dizer, enquanto olham fixamente nos olhos de seus pares; *juntos, vamos mudar o mundo, almas devem ser arrebanhadas, a lei do senhor deve ser louvada*; meu par me fita imperativo dizendo de maneira hipnótica; *juntos, vamos mudar o mundo, almas devem ser arrebanhadas, a lei do senhor deve ser louvada*; vejo, com o canto do olho, o ator Paulo e sua bolsa a tiracolo. Ele também está mudo, aprisionado a uma velhinha. Seu olhar pede socorro. Como foi possível não o ter reconhecido antes? *Juntos, vamos mudar o mundo, almas devem ser arrebanhadas, a lei do senhor deve ser louvada*; instintivamente, tento localizar Thelma, mas a mão direita do meu par aperta com força minha orelha, o que me impede de movimentar a cabeça; *juntos vamos mudar o mundo, almas devem ser arrebanhadas, a lei do senhor deve ser louvada...*

Em um solavanco, me desconecto desse ritual macabro com ares de baile da saudade, e, aos tropeços e empurrões corro para a porta, que, óbvio, está trancada. Olho pra trás, o velho vêm em minha direção, dou uma volta na chave, a porta não abre, ele diz a frase sem parar e olha pra mim, dou mais uma volta na chave, sua mão em forma de concha está muito próxima do meu ouvido direito, foco em sua boca rasgada de movimentos contínuos, abaixo a fechadura, a porta cede, ganho a rua, ainda ouço sua voz às minhas costas, ele balbucia palavras agora ininteligíveis, não faço questão de entender.

O ar da madrugada atropela minhas vias respiratórias. Chego em um ponto distante demais pra qualquer velhinho. Caminho na chuva fina até dar de cara com uma cadela manca e molhada. A rua úmida espelha duas fêmeas famintas e trôpegas na encruzilhada. Não há nada a fazer pra minimizar a nossa dor, ela emite um ganido e vira sombra.

Após uma sequência de ondas asfálticas, entre ejaculações compassadas de tinta, excluo de mim todo o azul do mundo, o ódio aos crentes, o horror às caixinhas. O celular vibra. Mensagem de texto, meus créditos acabaram. Nova vibração. Ou melhor, uma presença. Deve ser Paulo, que escapou do ritual macabro e veio me encontrar. Viro pra trás e reconheço apenas a cadela vira-lata com seus olhos piedosos dessa minha condição.

ÓTIMA EM HUMANAS

Para a fobia social, cloridrato de venlafaxina; ranitidina para o estômago fraco; para o desânimo, estrasse; gordura para o fêmur em evidência. Mas eu não remediava a saboneteira, assim como é conhecida a parte abaixo do pescoço, acima do peito, respectivamente, pele e osso. É que acomodavam olhares as ondas duras sob a minha pele, movimento de rocha branca e escondida que, de aparecer, não tinha a menor intenção.

 Nessa época, minhas palavras faziam um bate-bate-e-volta nas paredes dos lugares sem causar efeito qualquer, tudo o que a mim retornava era armazenado lá no fundo da minha imagem incapaz de pregar em qualquer retina. Eu era um quase vampiro em frente a todos os espelhos, oca de carnes, mas ótima em humanas, dez em redação, zerada nas atividades físicas. O que me restava era ser soturna e voltada para a parte de dentro; ouvir The Smiths nas tardes de outono era ao mesmo tempo uma busca por reflexão e entretenimento finitos: quando a faixa de luz solar que batia na parede do quarto alcançava a tampa do toca-discos, era hora de parar. The Smiths e calor, definitivamente, não combinam.

Desconectada das referências religiosas tradicionais, resolvi partir para o neopaganismo. Fui a uma feira importante, a xv Expo Bruxa e afins, lá conheci um homem que armazenava deusas granuladas em frascos. Elas eram de várias cores, bastava misturá-las com água. Solvê-las, para daí se tornarem visíveis. Mais ou menos o que eu precisava, eu era como elas. Falei com o homem, ele me prometeu um corpo a mais, ou melhor, dois: um da minha deidade particular, outro do meu animal de poder. De repente, passaria a ter três corpos, uma proposta irrecusável para quem não era nem 1/4 de pessoa.

Dias depois, em uma clareira de floresta, passei pelo primeiro rito. Era de carcaça, com odor de estrume, o tambor que batia em círculos, o couro esticado latejante, badalado nas 24 horas. Fui visitada por toda sorte de entes, eles me cheiraram, eu os aspirava. Eu sonhava acordada, queria que aquele homem me socasse, minhas carnes estavam duras demais, o tanto quanto são duras as carnes das garotas de dezesseis, mas ele se limitou a apenas tocar o seu instrumento.

Meu coração do lado de fora, chamando quem quisesse chegar e me fazer revelações. Muitos vieram à espiral desenhada no chão com giz, eu estava no centro dela para fazer contato com os três reinos – ar, água e terra. Foi um tal de asa batendo no meu rosto, de peixes fluindo nas minhas águas, de lama nos meus pés calçados com patas. Suas presenças vieram, uma após a outra, enquanto eu estava em um carrossel sem governo, embora não saiba dizer quem girava mesmo, se eu, eles ou todo mundo junto. Nas quatro direções partida e unida, em uma contradição que não dá para explicar. Sucedeu-se um desfile de árvores, minha boca cheia de folhas, fui feita Greenwoman gótica enquanto apenas inexperiente colegial.

Houve uma parada repentina. Descobri serem dois os meus animais de poder: eu era filha da serpente e do leão, naquele torvelinho de visitas foram estes os únicos a ficarem à minha frente, sem hesitar, depois que todos os outros animais se foram. Faziam parte de mim e eu parte deles, mas não rugi, nem rastejei. Ainda precisava encontrar a minha deusa, o homem deu isso como garantia. A condição era ficar em silêncio no interior de uma sequoia, que mais parecia ser uma gruta cavada na tora, úmida, sem luz, onde, se eu tivesse sorte, receberia a Sua visita.

Neófita, em posição propícia para o recebimento de revelações, me acomodei cheia de ossos e de possibilidades. Após um tempo não calculável, assisti à minha vida dividida em episódios projetados no interior daquele tronco, e tudo me pareceu um filme em preto em branco com bonequinhos de animação mal desenhados, havia concentrações de pó sobrepostas às imagens – algo que, se fosse no cinema, forçaria o expectador a desviar os olhos e depois fixá-los na cena, em um movimento ocular involuntário. Ser a única expectadora de tudo o que eu havia feito e sentido até aquele momento foi como receber um tiro bem no meio da testa, um puro relato de cuidado em falta, de razão inexistente.

Aos meus ouvidos chegou algo como o soar de uma trombeta da morte, insistente e implacável como só as trombetas da morte devem ser, o que perturbou à minha espera do instante cara-a-cara com a deidade.

Mas não havia qualquer glamour. Era um mosquito, mais precisamente, um pernilongo – eu estava no meio do mato, no interior do tronco de uma árvore que não guardava só segredos espirituais, mas insetos e demais criaturas atordoantes. Eu era como eles, por isso talvez tivesse parado naquele buraco.

O pernilongo e sua violência de vampiro que anuncia vorazmente o ataque, a combater sua insignificância de serzinho esmagável com o som emitido em proximidade ao ouvido da vítima, esse filho da puta burro e ao mesmo tempo inteligente é capaz de desestabilizar o mais temível chefe de estado e líderes de organizações terroristas.

Abandonei a ideia de uma possível razão ritualística para tamanha provação. Miraculosamente, consegui esmagá-lo com a palma da mão. O minúsculo predador agora estava resumido a uma aquarela de sangue e asinhas amassadas que não mais atormentarão a paz do mundo.

Entre sonos, sonhei com exércitos retrocedentes e rochas moles sob ondas duras, mulheres de cabelos longos me fizeram profecias e desafios dos quais me esqueci. Finalmente, o dia clareou. O homem em breve chegaria, ávido para saber como tinha sido o encontro com a minha deusa particular.

BLUE TRAIN

a vitrola suspendia os riscos e fazia a agulha percorrer a vastidão de um álbum de rock progressivo dos anos 70; o som vinha de um cômodo anexo. de pura velhice aderida ao desembaraçar das flores estampadas, que um dia foram azuis. era um chão de lajotas acinzentadas, as luzes que transpassavam as paredes de vidraças da casa de cristal e de plantas batiam nele. foi aí que entrou Vitorino. foi aí que ele entrou e pisou de maneira que pareceu tropeçar nas flores invisíveis das lajotas. ele deixou a porta escancarada para sentar-se corrido no sofá verde musgo, em profundo desacordo estético com o veludo preto de seu sobretudo. Vitorino não se via refletido, confortável ou identificado, apenas paralelo de sua própria imagem em baixíssima definição. dele, não havia vapores condensados, que viriam, possivelmente, do exalar de suas narinas. na insistência, ele não parava de respirar, tomava goles imensos de ar, pôs as mãos em frente à boca e soprou para um não sentir, fosse de frio ou de calor.

    eu sabia, para a sua situação, não havia saída: a impossibilidade de interagir com os quatro elementos via cinco sentidos é ruim demais. corremos a vida toda com um único fim: deixar marcas no mundo. carimbos, filhos, pegadas, cachecóis: os seres humanos nasceram para deixar rastros. os seres humanos são caracóis.

no cômodo anexo, vivia nosso irmão mais novo, Felício. as cores, além do cinza e do amarelo, ele não enxergava. tinha um ouvido absoluto. na impossibilidade de comprar um piano, mamãe deu pra ele uma vitrola. Felício era feliz, e ao lado dele corríamos no entorno da casa somente, pois a proibição de brincar aqui dentro, na época em que éramos crianças, tinha o efeito de uma lança prestes a cair sobre nossas cabeças. só de imaginar o que seria feito de nós se alguma daquelas vidraças quebrasse. por essa razão, nosso corpo era igualmente feito de transparências, corríamos como que envidraçados, a ponto de nos estilhaçarmos a qualquer momento.

das emoções, éramos reféns. todos podiam assistir a dança em compasso dos nossos corações vermelhinhos de crianças, o que era bonito a princípio, mas virou um incômodo com o passar do tempo. éramos três ramos mal cultivados em vasos sem terra e água suficiente, expostos na alegria e na tristeza pelas paredes da casa de cristal e de plantas. assistíamos, de trás da nossa vitrine particular, as reações de desprezo e compaixão no rosto das pessoas que nos observavam. a luz solar passava por nós, mas não tínhamos a capacidade de retê-la, o que era, de longe, nosso maior problema.

um clássico de John Coltrane: Blue Train. Felício trocou o disco. veio o solo de sax, Vitorino tamborilou os dedos na almofada, provavelmente, para conferir quais são os dedos que sobram depois que os anéis se vão. Deitado, ele olhava para o firmamento, não perto de estar feliz. a melodia me fez arriscar uns passinhos de dança, pulei um ou dois corpos de andorinhas secas no chão, sonhei com o calor de um gole de conhaque e acompanhei a linha de sax improvisando baixinho. Vitorino era incapaz de me ouvir e não sei bem por quê fiz isso. Felício apareceu, me puxou para dançar, a noite chegou, era nossa e era doce.

* * *

rua aspicuelta, 987, o dedo do senhor Amadeu percutia a campainha no compasso do jazz. havia gente na casa, a música alta provava isso, assim como o homem que o atendeu à porta mas se recusou a receber a encomenda. o que não era nada inédito para os 30 anos de profissão do velho, afinal, as pessoas se assustam com a concretude dos objetos dedicados à morte. neste caso, uma lápide com caracteres esculpidos à mão, na qual se lia as seguintes inscrições: aqui jaz Vitorino Neto Picollo, São Paulo, 1969 – 2016.

NADA ORIGINAIS

[Cristo geme espinhos enquanto eu, vítrea capelã, oro ao olho de deus, ouro. Vital é aquilo que me transparece, longilíneo monge, num átimo, eis você, Victor, num palco, num pódio, mais alto, ao. Vejo, crucifixo, falo, dedo o que é a deus dado, rasgo, consagro, crucifico. Eu, sântica, sânscrita, satírica, prego-o, veludo meu, amor, tecido, a morte, sidosantosafosarrafo, sinto, quero, me abro tanto, Victor, sequer viu].

Me chamo Encarnación Rodrigues. Virada na noite, acabo de sair do culto dominical, dolorida nos joelhos, stripper de profissão, de coração poeta, mais de 100 sapatos na dispensa, mais de 100 textos salvos na pasta "originais para editoras", rodada nas altas rodas, festas privé em especial, políticos, artistas cabeças, ricos velhos, cantora de axé lésbica sem coragem de se assumir, tem de tudo, e nada, nada mesmo me abala, a não ser aquele cara pra quem escrevi essas palavras aí acima.

Os iniciados nos ritos masô são bem isso o que se vê no altar: eles se chicoteiam, se queimam, giletam, estapeiam, socam, esmurram, milagreiam ao enfiar punhos ou braços inteiros em cus que medem centímetros. Gozam, repetem o gozo, se escorrem, lambuzam e ficam nessa por horas. Sexo puro, divino pra eles. Digno, eu digo.

Por Victor, não faço ideia de quantas hóstias já engoli. É preciso fazer força com a língua pra destacar do céu da boca aquela massinha de brancura e saliva, e tudo isso sem que ninguém ao redor se dê conta, pra, então, deglutir na elegância, os olhos fixos nas luzes que atravessam os vitrais.

É coisa para profissional fazer o resíduo de um corpo deificado entrar em si.

Nesse meio tempo, Victor engole olhares. E exorcisa eus. Os meus, os da audiência encadeirada em mogno, não canso de pensar que toda essa *mise en scène* de trajes e gestuais é uma representação para acalmar essas mentes de mogno, respectivamente. Por tudo isso, somos *una sola carne*, sangue do mesmo sangue, irmãos não-incestuosos apenas por um triz, nossas expressões faciais como as dos anjos, e nos exibimos à frente do mastro principal. Confessionária, Victor me viu pela primeira vez, pixelada atrás das grades, em aroma dulcíssimo, sotaque entre castelhano e argentino, a modulação de contralto a soprano, ele supunha inventadas as festas e as taras, o negro e o vermelho em detalhes do tamanho de unhas, de um trecho de lábio, de um risco de olho, enquanto uma palavra era dita, eu contava casos em que não havia Virgens Marias que bastassem, nem Pais Nossos.

Daí que eu tive uma ideia, cansada de ir ao confessionário olhar para as treliças e cheirar o mogno característico delas, esperando cruzar com Victor algo mais do que sílabas de silêncio, expiração, saliva, resíduo, sombra, veludo. Tudo bem que os iniciados nos ritos nagô são bem isso, celebram o silêncio, a expiração, a saliva, o resíduo, a sombra, o veludo, mas no avesso da negação em que Victor vive. Os nagôs são virtuosos, não vis, eu digo.

Comecei a escrever poemas, cartas, contos, frases ou até uma só palavra em um pedaço de papel que eu deixava sobre o altar, à vista dos olhares diagonais dos santos. A cada semana, sob um julgamento de gesso e cimento, a tentativa de revelar, e dele me aproximar. Criava minha obra para um único leitor.

Recebi uma ligação durante a missa, eu vibrava na frequência do toque até perceber que era apenas o celular que ditava minhas descomposturas físicas. Saquei o aparelho entre o caderno de orações e o consolo *made in china* no formato de batom, era Miguel, velho Miguel, como vai, não posso falar agora, um minuto e já retorno, ok, beijo.

Victor, conectado a mim que era, pareceu perceber a intervenção de Miguel, aumentou o tom da voz ao glorificar, hosana nas alturas, os céus e a terra proclamam a vossa glória, santo, santo, santo é o senhor, braços e dedos esticados aos céus. Desci as escadas da igreja com uns saltos já rodados de tanto amassar peitinhos, sofrer lambidas, saltos de enfiar em furinhos mil. Quase escorreguei, obra do sereno matinal, oi Miguel, posso falar agora.

Tá tudo certo, pode ser, sexta, Rosa Deluxe, claro, é mais radical, eu tenho tudo, levo sim, pra quantos é, ah, tá bom, preto, vermelho, não vai ficar tão barato, é, vou ter que procurar, sei sim, aquele que esquenta, se não tiver eu dou um jeito, ligo hoje mesmo, o fornecedor tava viajando mas ia voltar essa semana, acho que vai dar certo, qualquer problema te aviso, fica tranquilo, isso, tá, depósito em conta corrente, beijo.

Ia ser pauleira, a semana estava puxada, naquelas noites quase não escrevi, quer dizer, escrevi mesmo foi no corpo dos outros, histórias que ninguém quer contar mas faz questão de viver entre quatro paredes, quatro pernas, quatro quartos, de quatro. Mas essa não dava para negar, Miguel e a sua fidelidade eram importantes, fundamentais eu diria, tábua da salvação em tempos amargos, pena ele ser louco demais para representar qualquer possibilidade de perigo, de assunto relacionado a este meu sagrado coração.

Chegou o dia da festa, digo, do encontro-radical-masô-anarco-fetichista-sado-grupal. Pouco de mim, fisicamente, era exigido nessas ocasiões especiais, que, por outro lado, eram as mais desgastantes. Seja pela necessidade de fazer tudo correr bem, por ter que pensar na segurança dos outros enquanto eu representava papéis das mais diversas ordens, por visitar os terrenos imprevistos do desejo humano e suas irracionalidades, por testemunhar quem dói porque quer doer e, depois de tudo, ainda e, se possível, me divertir.

Seis palavras ditas na sequência eram a chave de entrada para o apartamento no centrão velho de São Paulo, uma senhora iugoslava aluga o imóvel só para isso. Cortinas pretas pesadas bloqueiam a visão de quem olha de fora: no apartamento de Yushka é sempre meia noite, 24 horas por dia. Nas paredes vermelhas e roxas há luminárias e candelabros somente em alguns pontos; em lugares como esse, a única função da luz é deixar o clima obscuro, em uma espécie de inversão de princípios.

Miguel já estava por lá com os rapazes submissos, todos vestidos com collants de látex negro que cobriam o corpo inteiro, havia apenas uma cava com zíper para o sexo exposto, mais três orifícios diminutos nos capuzes; um na frente da boca, um pra cada olho. Era impossível reconhecer o que havia no interior daquela jaula em formato de indumentária. Miguel regalava-se como dono e senhor de cinco sombras lustrosas.

Fui eleita dominatrix-assistente, meu cliente me deixou com um de seus escravos preferidos. Segundo ele, o mais louco e perverso, adorava as dores, mas também era mestre em tentar reverter o jogo. Tive grande trabalho pra domar essa figura bestial rosnante, condensada em uma silhueta negra. Ordens não eram suficientes, apenas comandos altamente restritos acompanhados de punições. Ele ria, desafiador. Ria da dor, o desgraçado. Miguel veio tirá-lo de mim depois de duas horas. Levou a sombra envolvida em correntes.

Tinha sido uma noite longa, especialmente para Miguel, diretor-presidente de uma editora internacional com negócios em expansão na América Latina, a quem, aliás, eu jamais tive coragem de contar que escrevia ficção. Eu sempre passava perto, ensaiava frases mentalmente, mas desistia ao pensar em tudo o que ele já havia lido na vida e nos grandes nomes da literatura com quem trabalhava.

Miguel era um cara poderoso, com grana solta e serviçais às pencas, mas isso não bastava. Precisava exercer a figura do rei, e pra isso praticava o masoquismo. O nobre das esferas subterrâneas dos instintos era mesmo surpreendente e me convidou pra um café da manhã executivo a fim de recuperar as energias, no dia seguinte, era umas 6 da manhã.

Tá inteira? / Tô quebrada. / Ele te deu muito trabalho? / Demais, insiste na desobediência / Um absurdo, sim / Eu gosto de todos eles. É a quinta vez já / Você criou um séquito / Gosto de você pela capacidade de dizer séquito / E você ainda consegue ser gentil depois de uma noitada / Por isso a gente se entende / Ovos mexidos, uma média / Salada de frutas, queijo branco no pão integral, um expresso / Como eu falava, adoro esses meus mocinhos pagos / Você os conhece bem? / Relativamente. Sei que um é aspirante a ator, outro estuda direito, outro não conta de jeito nenhum, mas sei que veio do interior. Tem também um escritor que promete bastante. / Mentira. Sobre o que ele escreve? / Ele é muito, muito bom, uma máquina de sexo e de boa prosa / Que viagem / Tenho certeza que pratica SM só pra alimentar a escrita / Eu preciso ler o que esse cara escreve / O que você viu essa noite não é nada perto do que ele faz com as palavras / Não diga que é o escravo que ficou comigo / Justamente ele / Porra! / E tem mais, a família é ultraconservadora, pelo teor dos textos ele prefere não se mostrar, utiliza um heterônimo / Manda o livro pra mim / Fechado.

Nos dias seguintes, voltei para o trivial. Muito trabalho e missas pós-foda, numa época em que meu platonismo sacrossanto mobilizador da escrita de caráter quase automático estava às alturas. Encontrei o pacote com o livro na portaria do meu prédio, era uma sexta feira exausta, uns quinze dias depois do encontro com Miguel e seus eleitos. Pra ser sincera, eu nem pensava mais no feito, só lembrei do combinado quando rasguei o papel de embrulho.

Na capa, a informação: uma compilação de textos em prosa poética de Arthur G. Villens. Dados da editora, Ficha Catalográfica, Índice, Introdução. Primeiro conto. Segundo. Passei rápido por umas folhas. Pulei para o meio. Fui para o final. A última página. Voltei para o começo. Definitivamente, não estava diante de um livro. Mas de uma estrutura circular na parede à minha frente com minha imagem transposta bem no centro, com exatidão. Traço por traço. Linha por linha. A cada palavra. Um extrato meu. Minha tentativa frustrada. Todas as frases entregues ao vigário, a reprodução de cada respiração estilística. Sem ao menos uma paráfrase, a tentativa de um disfarce, o uso de máscara ou capuz.

Tudo o que dei vazão no romantismo da escrita à mão e no afã do momento, sem a mínima prova de que a autoria da iluminação repentina, condensada no traço à caneta, era minha. Era só minha a fricção da esfera metálica que gerava faíscas no papel e que fascinou o editor. Para quem liguei imediatamente, fazendo-me agradecida pelo presente.

Foi um papo amigável. A ponto de marcarmos uma nova festa com os escravos de aluguel. Dessa vez, tudo seria por minha conta, pelo prazer da companhia, por retorno à gentileza, pelos anos de fidelidade do meu melhor cliente. Miguel aceitou de pronto, inclusive com a nova condição imposta. Novamente, ficaríamos só eu e o escritor, que, nessa noite, teria uma surpresa: ao entrar no quarto, seria obrigado a ficar totalmente nu e a tirar o capuz. A justificativa? O meu prazer seria incalculável ao conhecer o rosto e a alma de tamanho talento da literatura, de quem eu, imediatamente, havia virado fã. Desliguei o fone, já pensando em como seria a minha *mise en scène* e corri para a igreja. Não perderia a missa das seis por nada desse mundo.

Esta obra foi composta em Fairfield e
impressa em papel pólen soft 90 g/m² para
Editora Reformatório em dezembro de 2015.